はなよめしゅぎょう、
がんばります。
きたい、してください。
アメリア・
リリィ・スタッフォード
語学留学に来たはずの貴族令嬢、
なぜか花嫁修業ばかりしている
桜木桜
イラスト
GreeN

撫でてください。

そーた、そーた。
おきてください。

「リリィ、くっつきすぎじゃ……」
「ふつう、です」
背中に柔らかい物が、ずっと当たってるんだが……。

語学留学に来たはずの貴族令嬢、なぜか花嫁修業ばかりしている

桜木桜

角川スニーカー文庫

24153

CONTENTS

目次

第一章
語学留学に来た貴族令嬢、
花嫁修業を始める
004

第二章
服を買いに来たはずの貴族令嬢、
とんでもない物を購入する
070

第三章
語学留学に来た貴族令嬢、
日本での生活を楽しむ
108

第四章
語学留学に来た貴族令嬢、
告白する
182

エピローグ
239

第一章　語学留学に来た貴族令嬢、花嫁修業を始める

高校二年、始業式が終わった後のホームルーム。

「アメリア・リリィ・スタッフォードです。イングランドからきました。アメリアとよんでください」

妖精のように可憐《かれん》な容姿の少女は、天使が鈴を鳴らしたような声音でそう名乗りを上げた。

美しい銀色の髪が朝日を受けて光り輝く。

転校生は宝石のように煌《きら》めく碧眼《へきがん》で教室をぐるりと見回した。

趣味や特技など、転校生は無難な自己紹介をしてから、質問を受け付け始めた。

好きな日本の食べ物は何か。

イギリスでの日本の印象は？

そんなありきたりな質問に、転校生はやや舌足らずながらも上手な日本語で答えていく。

そして最後に誰かが尋ねた。

日本に留学することを決めた理由は？　日本に興味を持った切っ掛けは？

その質問に今まで淀《よど》みなく答えていた転校生は、僅かに思案した様子を見せた。

そして小さく微笑《ほほえ》み、俺――久東聡太《くどうそうた》の方に視線を向けてきた。

……こいつ。

「そこにいるかれ、そーたと、イングランドで、クラスメイトでした」

自然と俺に視線が集まる。

俺が去年、イギリスに留学に行っていたことは誰もが知っている事実だ。

「かれとせっしているうちに、にほんに、きょうみをもちました。それが、りゆう、です」

それから転校生は悪戯《いたずら》っぽい笑みを浮かべた。

「いまは、かれのおうちに、ホームステイをしています。つまり……どうきょちゅう、です」

同居中です。

何故《なぜ》か、転校生は強調するように言った。

「よろしくおねがいします」

転校生は――リリィは明らかに俺に向けてそう言うと、ウィンクをした。

そして俺の隣の席に座った。

ホームルームが終わると、あっという間に俺と少女の周囲に人だかりができた。

クラスメイトたちは口々に俺たちに尋ねてきた。

「同居ってどういうこと⁉」

「もしかして、恋人同士⁉」

「イギリスから追いかけて来たの⁉」

「馴《な》れ初《そ》めは？」

「国際遠距離恋愛ってこと⁉」

「えー、あー、待て。落ち着け……」

俺は興奮気味のクラスメイトたちを落ち着かせながら、リリィに目配せする。

お前が説明しろ、と。

するとリリィは心得たと言わんばかりに大きく頷《うなず》いた。

「ごそうぞうに、おまかせ、します」

火に油を注いだ。

何を考えているんだ……。

※

遡ること、一か月。

俺の母が唐突に言い出した。

「聡太。留学生がホームステイに来るって言ったら、どう思う？」

「うん？　まあ、別に構わないけど……」

半年前まで、俺はイギリスに留学していた。

全寮制の学校だったからホームステイをしていたわけではないが、英語は話せる。

我が家が候補に上がるのはおかしな話ではない。

「ただ、どんな人なのかにもよるかな」

ホームステイということは、一緒に暮らすということだ。

当たり前だが性格が悪いやつと同じ屋根の下で寝泊まりしたくはない。

「そこは大丈夫よ」

母はニコニコ……否《いや》、ニヤニヤしながらそう言った。

何だろう、嫌な予感がする。

「聡太が良く知っている人だから」

「へぇ、なるほど」

つまり俺が留学した時にできた知り合いの中の誰かということになる。

ふと、俺の脳裏に浮かんだのはメアリーという名前の金髪碧眼の少女だ。

日本文化……というよりはアニメが好きだという彼女は、やたらと俺に日本のサブカルチャーについて聞いてきたし、いつか日本に行きたいと言っていた。

「もしかして、女の子？」

「あら、察しがいいじゃない」

母のニヤニヤが強まった。

もしかして、恋人と勘違いしているのか？

確かに彼女とは仲が良かったが、恋人同士ではなかった。

「母さんが思うような関係じゃないよ」

「もう、照れ屋さんなんだから」

母は妙に嬉《うれ》しそうだった。

何故か、確信がある様子だった。

その時に俺は違和感に気付くべきだったのだ。

そして新年度が始まる、数日前。

空港に現れたのは、美しい銀髪の美少女。

『ひ、久しぶり……ですね』

気まずそうな表情を浮かべながら現れたのは、アメリア・リリィ・スタッフォード。

留学先で友達になり、そして喧嘩《けんか》別れした貴族令嬢だ。

※

アメリア・リリィ・スタッフォードと出会ったのは、留学先の学校だ。

白銀に輝く髪と、澄んだ碧《あお》い瞳。

妖精のように可憐な容姿。

白磁のように滑らかで美しい肌。

ギリシャ彫刻のように均整の取れた肢体。

イングランドは可愛《かわい》い子が多いなと思っていたが、その中でもとびっきりに可愛らしい、美人な女の子だった。

というよりは、雰囲気が違った。

氷のように冷たく、人を寄せ付けない、孤高のお姫様。

そんな印象の彼女は〝氷のお姫様〟と呼ばれるだけあって、かなり良い家柄の貴族令嬢だった。

俺の留学先のパブリックスクール（全寮制私立学校）は良家の子女が多かったが、その中でも一目置かれるほどの名門の家柄。

本人も容姿端麗・頭脳明晰《ずのうめいせき》・スポーツ万能と三拍子そろった、ハイスペック美少女だった。

もちろん、そんな彼女と突然、仲良くなれたわけではない。

俺が最初に仲が良くなったのは、メアリーという日本オタクの少女だった。

そしてその少女と、リリィは友人関係だった。

メアリーを経由して、俺とリリィは仲良くなった。

それからリリィと一緒にいる時間が増えた。

俺の方から街を案内してくれと頼むこともあったし、リリィの方から誘ってくれることもあった。

ある日、リリィの方から「アメリアではなくリリィと呼んでいい」と言われた。

そう、当時はリリィのことを〝アメリア〟と呼んでいたのだ。

ミドルネームでリリィのことを〝リリィ〟と呼んでいたのは、家族を除けばメアリーだけだ。

こうして俺は貴族令嬢と——リリィと親友になった。

そんな親友と、なぜ喧嘩別れしたのか。

その経緯を説明するのは少し難しい。というのも、俺はなぜリリィが怒ったのか、未《いま》だによく分かっていないからだ。

確か……俺が日本に帰ると告げた途端、不機嫌になったのだ。

聞いてない、と。

最初、自己紹介の時にクラスメイトには一年間の留学であることは告げているし、その時にリリィもいたはずなので聞いていないはずがないのだが……。

リリィは思い込みが強い方だ。俺がこれからずっとイギリスにいるものだと脳内で決めつけていたのかもしれない。

それからイギリスに残るように説得された。

大学はイギリスに通うといい、学費は貸せるし何なら出してあげる、就職なら父親のコネが利く……。

ありがたい話ではあったが、友達にそこまでしてもらうわけにはいかない。

だから丁重に断った。

そうしたら、リリィは激怒した。

嘘《うそ》つき、詐欺師、マザコン、馬鹿、アホ、死ね。

散々に罵倒された。

罵倒されていい気分になれる人間はいない。

俺もつい、言い返してしまった。

我《わ》が儘《まま》を言うなと。

日頃の鬱憤も少し溜《た》まっていたのかもしれない。

そこからは口喧嘩《くちげんか》に発展し……。

『もう、あなたなんて、知りません。絶交です。大嫌いです！　日本だか何だか知りませんが、好きな場所に行けばいいんじゃないですか？　ただし、二度と私に顔を見せないでくださいね！』

『ああ、そう、分かったよ。もう会わないようにしよう』

こうして俺たちは喧嘩別れした。

後になって後悔し、謝ろうかと思ったが、しかし俺から謝るのはおかしいと感じた。

俺の方から連絡を取ることはしなかった。

そしてリリィの方からも連絡は来なかった。

こうして音信不通になったはずのリリィだが、なぜか俺の家にホームステイにやって来た。

「ここがアメリアちゃんのお部屋よ。家具とか、どう？　入りそう？」

「だいじょうぶです。そんなに、もってきてないので」

しかもなぜか、日本語を話せるようになっている。

少々舌足らずで上手とは言い難《がた》いが、しかし日常会話には困らないレベルだ。

昔は「スシ」「カツカレー」「ラーメン」くらいしか知らなかったのに……。

「じゃあ、私は買い物に行ってくるから。後は若いお二人に……なんてね」

母は上機嫌で出かけてしまった。

俺とリリィ、二人だけが残される。

思わずリリィの方を見ると……目が合ってしまった。

『な、なんですか……!?』

リリィの方もさっきから、俺と話したそうに視線だけを送ってきている。

俺と同じように気まずく思っているらしい。

二度と顔を見せるなと言ったのはリリィの方で、日本に来たのもリリィの方だから当然か。

『えっと、リリィ。何をしに日本へ？』

埒《らち》が明かないので俺の方から聞いてみることにした。

するとリリィはよくぞ聞いてくれたと言わんばかりに、嬉しそうな表情を浮かべた。

そしてチラッと上目遣いで俺に視線を向けてきた。

その顔は仄《ほの》かに赤らんでいた。

そしてそのふっくらとした、蠱惑的《こわくてき》な唇を動かして、日本語で答えた。

「はなよめしゅぎょう、です」

※

私、アメリア・リリィ・スタッフォードには恋人がいる。

クドー・ソータ（久東聡太）という日本人の少年だ。

最初は興味もなかったが、私の親友であるメアリーと彼が仲良くなったことで、話をするようになった。

話してみると（英語は下手くそで聞くに堪えなかったが）、意外と話が合った。

テニスができるというので一緒にやってみたら、いい勝負になった。

大英博物館にまだ行ったことがないというので連れていってあげたら、熱心に私の話を聞いてくれた。

英語を教えてくれと言ってきたので、毎日放課後、教えてあげることになった。

映画館に行った。

遊園地に行った。

登山に行った。

一緒にいて楽しいと感じるようになった。

好きになった。

だから「リリィと呼んでほしい」と伝えた。

私を〝リリィ〟と呼ぶのは、(メアリーを除けば)家族だけであるとも伝えた。

彼は驚きながらも、「分かった」と答え、私をリリィと呼んでくれるようになった。

こうして私たちは恋人になった。

もちろん、恋人になったからといって、劇的に何か変わるわけではない。

直接、好きと伝えるのは恥ずかしいし……。

手を繋《つな》いだりは照れくさいし……。

ましてやキスだなんて……。
未婚の男女がやったら、はしたないと思われるようなことは決してやらなかったが。
それでも私は彼と想《おも》いが通じ合っていると、思っていた。
このままイングランドで一緒にいてくれると。
結婚してくれると思っていたのに……。
そう、あれは……。
夏休み、家族旅行で海に行くけど一緒に来ないかと、誘った時だった。
家族に紹介しよう。
水着も見せちゃおう。
ちょっと、大胆なこともしちゃおう。
あれこれ考えていた私に、彼は言ったのだ。
夏休みは帰国で忙しいから行けない、と。
……私が誘っているのに、行けない？
というか、帰国？
どこに？　まさか日本に……？
私という恋人がいるのに⁉

私は必死に引き留めようとしたが、彼は「親が心配するから」と言って頑《かたく》なに帰ると言い張った。

恋人の私より、親が大切なのか？

今までの私との関係は、遊びだったのか？

もう、両親や兄姉《きょうだい》たちに「恋人ができた」と自慢してしまったのに。

紹介するとも言ってしまったのに！

私は頭に血が上り、いろいろと酷《ひど》いことを言ってしまった。

そうしたら、彼は怒りだした。

我が儘を言うなと。

彼が私に怒るだなんて、初めてのことだから、びっくりしてしまった。

内心で怖いと感じながらも、絶交だと言い返した。

さすがにここまで言えば、譲歩してくれるだろうと思った。

いつもはそうだった。

でも、彼は冷たい声で言った。

『ああ、そう、分かったよ。もう会わないようにしよう』

こうして喧嘩別れした。

でも、最初はそこまで深刻に捉えていなかった。
ソータの方から謝ってくれるだろうと思い、待っていた。
待っているうちに、彼は本当に帰ってしまった。
段々と、怒りよりも寂しい気持ちの方が強くなっていった。
彼に会いたい。
でも、「二度と顔を見せるな」と言った手前、今更イギリスに来てくれとは言えない。
悩んだ結果、私はふと名案を思い付いた。
私が日本に行けばいいのだ。
日本語を習い、同時進行で彼の学校に転入する準備を始めた。
ホームステイ先は彼の家にした。
……知らない人の家に泊まるなんて怖いし。
幸いにも彼の母親には「恋人だから」と伝えたら、すんなりと話が通った。
でも、ソータに連絡することだけはできなかった。
せめて、ホームステイすることだけは伝えないと。
そう思いつつもズルズルと時が過ぎ、気が付けば来日の日になってしまった。
「ひ、久しぶり……ですね」

「あ、あぁ……うん、久しぶり」
久しぶりに会った彼は記憶と変わらず、カッコ良かった。
そして困惑気味の表情を浮かべていた。
彼には私が来ることは伝えていないのだから、当然だ。
「えっと、リリィ。何をしに日本へ？」
幸いにも彼は怒ることなく、普通に話しかけてくれた。
語学留学……と誤魔化《ごまか》すことはできたが、ここは素直に答えよう。
私が日本に来た、目的。
それは……。
『はなよめしゅぎょう、です』
彼のお嫁さんになるために、日本語と日本文化、家事を学ぶこと。
そして彼を私がいないと生きていけないように、メロメロにすること。
そしてイングランドに連れ帰ることだ。

※

はなよめしゅぎょう。……花嫁修業？

俺が知っている日本語の〝花嫁修業〟は、嫁ぐ前の女性が結婚後に備えて家事や所作などを学ぶことだ。

しかしリリィはまだ高校生だ。花嫁修業には早すぎるし、そもそも日本に来てすることではない。というか、イギリスに花嫁修業なんて文化あるのか……？

いや、待て。

リリィはこう見えても貴族令嬢だ。婚約者みたいなのがいるのかもしれない。

その相手がもしかして、日本人だとか。

日本の旧家だったり……。

などと妄想してみたが、正直可能性は低い気がする。

言い間違いか、もしくは間違った知識を吹き込まれたのだろう。

面白半分で適当な日本語を吹き込みそうなやつなら、一人知っている。

メアリーだ。あいつが何か、適当なことを吹き込んだのだろう。

リリィは純粋なので、それを信じているのだ。

多分、日本の文化を学ぶとか、そういうニュアンスのことを言いたいのだ。

俺は一人で勝手に納得した。

『そうなんだ、応援してる』

「はい、がんばります。きたい、してください」

リリィはしたり顔をしながら、日本語でそう答えた。

いや、しかし……。

『日本語、上手だね』

日常会話の範囲内なら完璧だ。

発音は少したどたどしいところはあるし、舌足らずな印象も受けるが……十分に聞き取れる。

「ほんと、ですか？　じょーずに、はなせてますか？」

嬉しそうに顔を綻ばせるリリィに対し、俺は大きく頷いた。

『ああ、日本育ちだと言ってもみんな信じるよ』

「がんばりましたから」

俺がお世辞を言うと、リリィは得意気な表情で胸を張った。

実際、相当頑張らないと半年でここまで上手《うま》くならないだろうけど……何が彼女をそうさせたのだろうか？

「えーごじゃなくて、にほんごではなして、もらえますか？　わたしもにほんごで、はなすようにするので」

「分かった。日本語で話すようにするよ。聞き取り辛《づら》かったら、言ってくれ」

「はい」

さて、あまり長い間立ち話をしているわけにはいかない。

早く引っ越しを終わらせなければ。

「とりあえず、荷物を運ぼうか」

「はい。ありがとうございます」

とりあえず大きな荷物……組み立て式の家具から運び入れる。

ネット通販で購入したらしい、ベッドと本棚、勉強机を二人で組み立てる。

それからリリィが持ち込んできたらしい私物が入った段ボールを運び入れるが、その数は意外と少なかった。

女の子って、もっと服とかたくさん持ってるイメージだったんだけど……。

「これだけ？」

「ひつようなものだけ……『服とかは日本で買いそろえた方が楽かなと思いまして。最低限のモノしか持って来てないです』」

日本語と英語を交えながら、リリィはそう説明した。

「なるほどね。それで……どれから開ける？　俺は手伝わない方がいい？」

いくら親しい間柄とはいえ、私物をむやみに見られるのは嫌だろう。

量も少ないし、後は全部リリィがやった方がいいかもしれないと、思ったが……。

「じゃあ、それから、あけてください。わたしはこっち、あけるので」

「分かった」

リリィに言われるまま、俺は段ボールを開けた。

そこには綺麗《きれい》に畳まれた、薄い布切れが何枚か入っていた。

ハンカチだろうか？

そう思いながら、俺はそれを両手で広げた。

それはベビードールだった。

ほんのりと透け感のある、大人っぽいデザインのランジェリーだ。

いわゆる、〝勝負下着〟だ。

俺は慌てて段ボールを閉めた。

「どうしました？」

リリィは小さく笑みを浮かべながらそう言った。

悪戯が成功した、そんな顔だ。

「別に何でもない」

リリィのやつ……。

普段から、こんなエロい下着、着てるのか？

それとも西欧人はみんなこんなの着てるのか？

というか、留学先にこんな下着、持ち込むなよ。要らないだろ。

誰と何をするつもりなんだ。

そんなことを思いながら、俺は表情を取り繕った。

※

『ソータ。どうですか、似合いますか？』

『り、リリィ!?』

俺の前に現れたリリィはベビードールを身に纏《まと》っていた。

リボンとレースで飾られた薄い生地はどこか上品で、しかし同時にとても扇情的だった。

青い生地の下にうっすらと白い肌が透けて見える。

『お、おい。り、リリィ……な、何をするつもりだ!?』

俺は思わず、後退《あとずさ》る。

リリィはそんな俺に近づき、肩に手を置いた。

そして俺の耳元に唇を近づけ、囁《ささや》く。

「はなよめしゅぎょう、です」

※

「……夢か」

そして俺はようやく、目を醒《さ》ました。

差し込む朝日と、自分がベッドの上にいることから、先ほどまでの出来事が夢であることを確かめた俺は、思わず額に手を当てた。

「全く、何て夢を見てるんだ……」

普段なら、こんな夢、見ないはずだが……。

リリィが家に来たせいで、いろいろと変に意識してしまっているらしい。

慣れるまでは苦労しそうだ。

俺は軽く伸びをしてから、ベッドから起き上がった。

そして歯磨きをし、顔を洗ってからダイニングへと向かう。

「そろそろひっくり返して。慎重にね」

「は、はい。うっ、こ、これは……」

「大丈夫、大丈夫。まだ巻き返し、利くから。最後に見た目が良ければいいのよ」

「そ、そうですか」

「最悪、胃に入れれば同じよ」

「そうですね！」

台所では母とリリィが並んで料理をしていた。

どうやら、料理の仕方を習っているらしい。

我が家では家事は分担してやっている。

リリィも生活に慣れてから少しずつやってもらうことになるだろう。

今日はその練習、と言ったところか。

『うっ……ぐちゃってなっちゃいました。これは私が……』

「大丈夫よ。聡太なら文句言わずに食べるから」

「で、でも……」

「おはよう」

俺が声を掛けると、リリィはビクッと体を震わせた。

一方、母は目を丸くした。

「あら……もう着替えて来たの？」

「うん、まあ……朝食はできてる？」

「ええ、丁度できたところよ。ね？」

『え、えぇ……ま、まあ……』

リリィは珍しく申し訳なさそうな表情を浮かべながら、俺に出汁《だし》巻《ま》き卵《たまご》と思《おぼ》しきものを差し出してきた。

スクランブルエッグと出汁巻き卵の中間のような出来だ。

形はお世辞にも良くないが……。

大事なのは味だ。

母と一緒に作ったのだから、変な味になっているということもあるまい。

「ありがとう」

俺は出汁巻きを受け取り、自分の席に持っていく。

出汁巻き以外のモノは全て配膳済みだった。

「『いただきます』」

三人で朝食を食べ始める。
最初に味噌汁《みそしる》から飲むのが俺のルーティンなのだが、先ほどからリリィの視線が熱い。
こちらをじーっと、見つめている。
今朝の夢の件もあり、リリィに見つめられると変に意識してしまうな……。
先に出汁巻き卵から食べよう。
俺は箸で出汁巻き卵の断片を挟み、口に入れる。
程よい塩味《えんみ》と甘味《あまみ》、そして出汁の香りが鼻に抜ける。
「……どうですか？」
「美味《おい》しい。初めてにしては上手じゃないか？」
味付けについては母の作る物とさほど変わらない。
……母と一緒に分量を量りながらやったのだから、当然だが。
『そ、そうですか。ふふ、当然です』
俺の言葉に安心したのか、リリィはいつもの得意そうな表情を浮かべた。
そしてようやく、自分の食事に手を付け始める。
器用に焼き魚の身を解す。
昨晩の夕食の時もそうだったが、箸の使い方がとても上手だ。

日本語と同様に練習したのだろうか？

「でも、リリィちゃん。初めての料理にしては、上手だったわね。計量スプーンの使い方もちゃんとしてたし」

「おかしなら、つくったこと、あります」

そう言えば、イギリスにいた頃にリリィがお菓子を作ってきたことがあった。

休日、一緒に出掛けた時も手作りっぽさのあるサンドウィッチを作ってきた。

お菓子や簡単な軽食くらいなら、作れるのだろう。

「へぇ、そうなの！　じゃあ、今度、作ってみてもらってもいい？」

「ええ、まかせてください、おかあさま」

おかあさま。

昨晩から、リリィは母のことを「おかあさま」と呼んでいる。

母が冗談で「ホストマザーだしお母様と呼んでいいわよ」と言い出したのを、真に受けたのだ。

代わりにリリィは母に「アメリアではなく、リリィと呼んでほしい」と伝えていた。

俺がリリィをリリィと呼べるようになるには、半年も掛かったのに……。

やや複雑な気分だ。

「「「ごちそうさまでした」」」

食事を終えたら、食器を洗う。

朝食については当番制だが、皿洗いはいつも一緒に洗うのがルールだ。

洗う係と拭く係で、いつもは母と作業を分担している。

「わたしも、します」

「あら、そう？　リリィちゃんはこれから大変だろうし、日本に慣れるまではしなくてもいいけど……」

覚えることもたくさんあるだろうし、家事は後回しでいい。

母の気遣いに対し、リリィは大きく首を左右に振った。

「はなよめしゅぎょう、です」

リリィの言葉に母は目を大きく見開いた。

そしてなるほどと頷き、嬉しそうに微笑んだ。

「なるほど、分かったわ！　じゃあ、リリィちゃんは私とお皿を洗いましょう！」

どうやら母はリリィの言葉の意味を理解したらしい。

エスパーか、何かか？

「じゃあ、リリィちゃん。このエプロン着けて、そこに立って」

「はい」

早速、エプロンを着けて、腕まくりをし、スポンジを手に取ったリリィだが……。

しかし首を傾《かし》げてしまった。

なかなか、皿洗いを始めない。

「おかあさま。ききたいことがあります」

「どうしたの？」

「おさらって、どうやってあらうんですか？」

料理はしたことあるのに、皿洗いをしたことはないのか……？

あ、そうか。

面倒な片付けは使用人にやらせてたのか。

「えーっと、そうね。まずは軽く水で……」

母は少々困惑しながらも、リリィに皿洗いのやり方を教え始めた。

リリィもややぎこちない手つきではあるが、きちんと皿を洗い切った。

元々器用だし、この分ならすぐにできるようになるだろう。

「そーた」

俺が最後の食器を拭き終えてから、リリィが話しかけてきた。

「うん？」

「はなよめしゅぎょう、がんばります。きたい、してください」

「あぁ、うん……？　分かった」

語学は学ばなくていいのか……？

※

朝食の片付けを終え、仕事に向かう母を見送ってから俺たちは家を出た。

今日は春休み開け、新年度最初の登校日だ。

言うまでもないが、リリィが通うのは俺と同じ学校になる。

「……ところで、そーた」

「うん？」

「これ、どうですか？　にあってますか？」

リリィは上目遣いになりながら、俺にそう尋ねた。

ふと、脳裏に今朝の夢の中の出来事を浮かべてしまった。

もっとも、今回は夢とは異なり、リリィが着ているのはセーラー服だ。

イギリスの学校はブレザーとネクタイだったので、少し新鮮味がある。

「似合ってるよ」

リリィのような日本人離れした美少女が――そもそも日本人ではないわけだが――着ると、見慣れているはずの制服も、不思議とお洒落《しゃれ》に見える。

「そうですか。おかしくないならいいのですが」

「おかしくない。『可愛いよ』」

『か、可愛いって……！』

俺の言葉にリリィは青い瞳を大きく見開いた。

白い肌が真っ赤に染まる。

『そこまで言えとは言ってません！』

リリィは叫ぶように言うと、プイッと顔を背けた。

どうやら怒らせてしまったようだ。

褒めないと拗《す》ねる癖に……。

※

そんなやり取りをしながら俺たちは登校した。

幸いにも俺たちは同じクラスだった。

そして新年度恒例の自己紹介が始まり……。

リリィが大々的に「久東聡太と同棲《どうせい》している」と言ってしまったため、酷い目に遭った。

「これ、おいしいです。イングランドでたべたのより」

昼休み。

リリィはカツカレーを食べながら満足そうな表情を浮かべていた。

日本の「カツカレー」はイギリスでも人気だ。

リリィもイギリスで食べて……というよりは俺と一緒に食べにいき、気に入ったらしい。

日本に来たら、本場のカツカレーを食べたかったようだ。

「ところで、そーた」

「うん？」

「チキンとポーク、こうかんしませんか？」

リリィが選んだのは、チキンカツカレーだ。

イギリスではポークカツよりも、チキンカツの方が主流だった。

だからリリィも食べ慣れている、チキンを選んだ。

「いいよ」

俺は自分のカツカレーに乗っているカツ（こっちはポークカツ）を一切れ、リリィの皿の上に乗せた。

リリィも自分のチキンカツを一切れ、俺に分けてくれた。

「ポークはどう？　リリィ」

「おいしいです。……でも」

「でも？」

「チキンのほうが、すきです」

食べ慣れたチキンカツの方が美味しく感じるようだ。

とはいえ、それはカレーに乗ったカツの話だ。

キャベツに合わせてソースで食べるポークカツの味をリリィは知らない。

今度、食べさせてあげよう。

「ごちそうさまでした」

カツカレーを綺麗に食べ終えたリリィは、やや物足りなそうな表情でそう言った。

食べている最中は幸せそうだったので、足りないのは味ではなく量だろう。

リリィはこう見えて健啖家《けんたんか》だ。

日本のMサイズでは物足りないだろう。

「ところでリリィ。……どうして、今朝、あんなことを言ったんだ？」

「あんなこと？」

「同居中とか……言わなくとも、良かっただろ。しかも想像に任せるって……恋人だと言っているようなものじゃないか」

おかげで、俺たちはクラスメイトには恋人同士だと認識されてしまった。

恋人を追いかけて日本までやってきた美少女だと、リリィは認識されている。

「なにか、もんだい、ありますか？」

「いや、ないけど。……リリィはいいのかなって。いろいろ聞かれたりして、大変だろう？」

俺は別に好きな人なんていないし、誤解されても実害はないが……。

リリィは俺なんかが恋人だと思われていいのだろうか。

普通の女の子ならともかく、リリィは貴族令嬢だ。

醜聞になったりしないだろうか。

「わたしは、つごうがいいです。『悪い虫が近寄って来ませんからね』」

「なるほど」

要するに男避《よ》けか。

確かにリリィはイギリスでも、よく男性に言い寄られていた。

「恋人がいる」ということにしてしまえば、見知らぬ人に告白されたり、ワンちゃんあると思って近づかれることは減る。

「どろぼうねこには、きをつけないといけません」

……泥棒猫？

俺の記憶だと、泥棒猫というのは「他人の彼氏を横から掻《か》っ攫《さら》う女（浮気相手）」のことを指す言葉だったはず。

リリィが気を付けなければいけないのは、泥棒猫ではなく、若い女の子を狙う〝悪い狼《おおかみ》〟ではないだろうか。

突っ込もうと思ったが、リリィのしたり顔を見てやめた。

俺も覚えたての言葉……英語の慣用句とかを、やたらと使いたがる時期はあった。

今のリリィはそういう時期なのだろう。

そっとしておこう。

※

午後の授業時間は係員決めやアイスブレイクなどに費やされ、放課後になった。

ここからは部活動の時間だ。

「では、そーた。テニスクラブ、いきましょう」

リリィは準備万端と言わんばかりにテニスラケットを持ちながら言った。

俺は部活動では、テニスクラブに所属している。

昨晩、その話をしたら、リリィは「なら、私もそのテニスクラブに入ります」と言い出した。

テニスラケットは日本に来る時、イギリスから持って来たらしい。

「あぁ、うん……そうだな。更衣室、どうしようかな」

当然、俺は女子更衣室には入れない。

別に複雑なルールがあるわけではないが、全く説明もなしに送り出すのは少し不安だ。

誰か女子に頼もう。

そう思っていた時だった。

「やっほー、聡太。何？　その彼女もテニスクラブに行くの？」

クラスメイトが俺の肩に腕を回してきた。

快活な笑顔が素敵な、黒髪セミロングの美少女だ。

ややスカートが短めで、制服をお洒落に着崩している。

「離れろ、美聡《みさと》。あと、彼女じゃない」

少女の名前は河西《かさい》美聡。

身内贔屓《びいき》ではあるが、この学校で一番の美少女だ。

リリィが留学に来る前までは、と注釈が付くが。

「えー、聡太の彼女がホームステイに来たって聞いたけど。その子じゃないの？　自己紹介でも言ってたじゃない」

「それは勘違いだ」

俺はそう言いながらリリィの顔色を確認する。

俺の恋人扱いされて怒るかと思ったが、そんな様子はない。

どちらかと言えば「ぽかん」とした顔をしている。

もしかしたら〝彼女〟を〝lover〟や〝girl friend〟と変換できなかったのかもしれない。

〝彼女〟は直訳すると「she」になる。

「リリィ。彼女は河西美聡。俺の……友人だ」

授業ですでに自己紹介は行われたが、あらためて紹介する。

美聡は俺の肩から腕を外し、リリィに近づいた。

「友人なんて他人行儀だなぁ。河西美聡です。美聡でいいわよ。えっと……リリィちゃんでいい？」

美聡は親し気にリリィに話しかけた。

一方でリリィはそんな美聡の態度が癇《かん》に障ったらしい。

僅かに眉を顰《ひそ》めた。

「アメリア・リリィ・スタッフォードです。アメリアと、よんでください。アメリア、です」

「ふーん、そう。なるほどね。……よろしくね、アメリアちゃん！」

美聡はニヤニヤと楽しそうな笑みを浮かべてからそう言った。

それから俺を肩肘で突いてきた。

「なに？　ミドルネームで呼んでるの？　随分、親しいじゃない。……本当に彼女じゃないの？」

「親しいのは否定しないが……」

『早く、行きませんか？』

俺と美聡が話していると、リリィはやや不機嫌そうな声でそう言った。

……そう言えば、美聡は女子テニス部に所属してたっけ。

「美聡、リリィを更衣室に案内してやってくれないか？　これから、部活だろ？」

「いいわよ！　じゃあ、アメリアちゃん。行きましょう！」

「……わかりました」

リリィは寂しそうに俺の顔を見てから、肩を落としながら美聡の後をついていった。

俺と離れて不安なのかもしれないが……。

あまり俺に依存しすぎるのも良くない。

それに美聡は俺ほどではないが、それなりに英語が話せる。

問題ないだろう。

リリィを見送った俺は男子更衣室へと向かった。

※

私――河西美聡は噂《うわさ》の美少女留学生、アメリアちゃんを女子更衣室まで案内した。

『ここが更衣室ね。体育の時とか、着替える必要があったら使ってね。生徒番号とロッカーの番号は一致してるから。間違えないように。鍵はないから、盗まれたくなかったら自分で南京錠《なんきんじょう》を買ってきてね』

アメリアちゃんに英語で説明すると、彼女は小さく頷いた。

そして辺りを見回し、自分の学生番号と同じ番号のロッカーを開けた。
どうやら、私の英語はちゃんと通じたらしい。
『早く着替えましょう』
「ええ、そうですね」
私の言葉にアメリアちゃんは上手な日本語で答えた。
少し舌足らずなところが可愛い。
私はノーマルだが、ちょっとゾクッとしてしまった。
なるほど、男子たちが色めき立つわけだ。
「うわっつ、足ほっそ……『スタイルいいね』！」
胸とお尻は大きく、腰は折れそうなほど細い。
何より、足がとても細くて長い。
日本人離れしたスタイルの良さだ。
『……あまりジロジロ見ないでください』
私の言葉にアメリアちゃんは、恥ずかしそうに両手で体を隠した。
真っ白い肌がほんのりと赤く色づいている。
……可愛い。

『ねぇ、聞いていい？　アメリアちゃん』

「にほんごで、いいですよ」

「そう。分からなかったら言ってね！　アメリアちゃんって、日本にどうして来たの？」

やっぱり、聡太を追いかけて来たの？

揶揄《からか》うつもりでそう尋ねたら、アメリアちゃんは躊躇《ちゅうちょ》なく答えた。

「はなよめしゅぎょうです」

想像の斜め上の回答だった。

驚く私にアメリアちゃんは何故か、勝ち誇った表情を浮かべた。

「そういうあなたは、そーたと、どういうかんけい、ですか」

リリィちゃんは上から目線で——私の方が身長は高いけど、私に尋ねた。

しかしよく見ると不安そうに目を泳がせている。

今度こそ、揶揄ってやろう。

「そこそこ、親しい関係かな。友達以上ではあるわね」

「ふ、ふーん」

「具体的には一緒にお風呂に入ったことがあるかな？」

私がそう言うと、アメリアちゃんは大きく目を見開いた。

『え？　はぁ……⁉　今、なんて⁉』
『一緒にお風呂に入ったことがある』
私の言葉にアメリアちゃんは顔を真っ赤にさせた。
びっくりしすぎて、英語が出てしまっている。
……可愛い。
『なーんてね。九歳の頃までの話よ。今は……友達よ。今は、ね』
そう、私と聡太が〝特別に親しかった〟のはその頃まで。
今ではただの友達だ。
もっとも、この子よりはよっぽど、聡太のことを知っている自信はある。
何しろこちらは、赤ちゃんの頃からの付き合いだ。
そんな私の余裕が伝わったのだろうか。
『今は私が一緒に暮らしています』
アメリアちゃんは私を睨《にら》みながら、張り合ってきた。
これは宣戦布告かな？
「っふ……そ、そう。『頑張ってね』」
思わず、口から笑いが漏れてしまった。

アメリアちゃんから立ち上る殺気が、強まるのを感じた。

面白いなぁ。

聡太も最近は揶揄い甲斐《がい》がないし。

よし、今日からこの子で遊ぼう。

※

テニスコートで待っていると、リリィと美聡の二人がやって来た。

「じゃあ、私はあっちだから。またね」

美聡はそう言うと女子テニス部が使っているテニスコートまで行ってしまった。

リリィは美聡を見送ってから、俺に尋ねた。

「かのじょは、テニスクラブじゃないんですか？」

「美聡は女子テニス部だな」

「……ちがいは？」

我が校には女子テニス部、男子テニス部、テニスクラブの三つがある。

部は〝ガチ勢〟で、クラブは〝エンジョイ勢〟だ。

我が校は中高一貫のマンモス校で、設備もそろっているため、このような区分けができる。

ちなみに掛け持ちも可能だし、男子（女子）テニス部員がテニスクラブに遊びに来ることもある。

「ふむ、なるほど」

「リリィも大会に興味があるなら、女子テニス部に入るといいよ。結構、強いし。特に美聡はエースだから。歯ごたえがあると思う」

「かんがえておきます」

リリィは興味なさそうにそう答えた。

イギリスでも大会とかには出ていなかったし、リリィにとってテニスは趣味の一つでしかないようだ。

「ところでそのユニフォーム……リリィのか？」

リリィはユニフォームを着込んでいた。

テニス部ではユニフォームの貸し出しなんてしていないし、そもそも女子テニス部のユニフォームとはデザインが異なっていた。

「はい。にあってますか？」

リリィはユニフォームのスカートを摘みながら俺にそう尋ねた。

ユニフォームはリリィのスタイルの良さ――大きな胸や細い腰をくっきりと強調していた。

何より、短いスカートから伸びるスラッとした白い脚がとても美しい。

こうしてみると、本当に長いな……。

「可愛いよ。それにカッコイイ」

俺がそう褒めると、リリィは小さく鼻を鳴らした。

『ふん、まあ、別にあなたのためではないですけれどね』

リリィが俺の目の保養のために着てくれるわけないことは知っているし、わざわざ言わなくともいいのだが。

「とりあえず、クラブのみんなに紹介するよ。こっちに来てくれ」

「はい」

俺はテニスクラブの活動場所へ、リリィを案内する。

そしてクラブ員たちに軽く紹介する。

クラブは部と違って緩いので、ミーティングのようなモノもない。

俺たちは準備運動を済ませると、早速、打ち合いを始めた。

俺は強い方だと自負しているが、リリィはそんな俺と互角以上に打ち合える。

「相変わらず、強いな」

「そーたも……へたになってなくて、よかったです」

「へぇ。アメリアちゃん、強いね」

俺とリリィが休憩をしていると、そんな声が聞こえた。

声をする方を向くと、ユニフォームを着込んだ美少女が立っていた。

美聡だ。

彼女は女子テニス部員だが、クラブ員も掛け持ちしている。

いつの間にか、俺たちの試合を見物していたようだ。

「私と一緒にやらない？　アメリアちゃん」

美聡は嬉しそうに言った。

こう見えて美聡はかなり強い。大会でも活躍している、女子テニス部のエースだ。

美聡と互角に打ち合えるのは、男子を含めても少ない。

同じ女子で自分と互角に戦えそうな相手が増えて、嬉しいのだろう。

「……わたし、いま、そーたとしています」

一方のリリィは塩対応だった。

先ほどまで機嫌良さそうだったのに、不機嫌になっている。
「ふーん、そっか。そうだよね」
リリィの返答に美聡は納得の表情を浮かべた。
そして意地悪そうな笑みを浮かべた。
『聡太の前で負けたら、恥掻いちゃうもんね』
いや、俺の前で負けたからと言ってどうということはないだろう。
そう思ったが、しかしリリィは気に障ったらしい。
目を吊《つ》り上《あ》げ、それからいつになく好戦的な笑みを浮かべた。
『まさか。でも、いいんですか』
『何が？』
『エースなんでしょう？　ぽっと出の留学生なんかに負けたら、大恥ですよ？』
リリィが英語で煽《あお》り出した。
リリィは負けず嫌いだ。
煽られて、何もせずにいられるタイプではない。
そして美聡も……。
「あはは！　……いいね。やろう。望み通り、泣かせてあげる」

顔は笑っているが、目が笑っていない。

これは本気《マジ》だ。

こうして見ると、やはり怒った顔は母親似だな……。

「……更衣室で喧嘩でもしたのか？」

俺は美聡にそう尋ねた。

すると美聡は楽しそうに笑った。

「喧嘩して友情を深める。王道でしょ？」

「ああ、そう……」

まあ、いいか。

喧嘩でも、俺以外と交流できるならその方がいい。

できれば仲良くしてほしいけど。

※

テニス部のエースと、留学生が試合をする。

そんな話を聞きつけ、多くの野次馬《やじうま》が集まって来た。

純粋にリリィの実力を見たいやつが四割。

リリィと美聡のユニフォーム姿に釣られたアホが六割といったところか。

『先攻は差し上げます』

「あら、いいの？　最初の得点、貰《もら》っちゃって」

美聡はニヤニヤと笑いながらそう言った。

そんな美聡に対し、リリィは涼し気な表情で答えた。

『ええ、私は貴族なので』

テニスの〝サーブ〟の語源は〝サーヴァント〟である。

従者が主人にボールを打ち、主人がそれを打ち返す。

そういう貴族の遊びがテニスの起源だ。

リリィは貴族であることをひけらかすようなタイプではないが……。

ここでの「私は貴族なので」は、「私は強いから、サーブは雑魚に譲ってやる」くらいのニュアンスだろう。

そんなリリィの煽りは、美聡にしっかりと届いたらしい。

「そう！　悪いけど、サービスはしないから！」

美聡はそう言うとボールを上げ、勢いよく打ち込んだ。

さすが、テニス部のエースなだけはある。
誰もが決まったと、思っただろう。
『はぁっ！』
しかしリリィはそれを打ち返した。
サーブの時よりも、さらに早い勢いでボールは打ち返される。
美聡はそれを打ち返せず、リリィに得点が一点入る。
「っく……」
美聡は悔し気な表情を浮かべた。
そんな美聡に対し、リリィは得意気な表情を浮かべた。
『これが日本のエースの実力ですか？　随分と……っふ、弱いんですね』
「……潰す」
美聡の顔から余裕が消えた。
そんな美聡にリリィは笑みを浮かべながら、サーブを打ち込む。
美聡はそれを打ち返す。
リリィも打ち返す。
徐々にリリィの顔からも余裕の色がなくなる。

『っち』

リリィは忌々しそうに舌打ちをした。

一点を取った美聡は、そんなリリィに笑いながら言った。

「イギリス人とは違って、日本人は貴族にサービスなんてしないのよ」

お前、自分のこと強いと思ってるみたいだけど、それサービスでしょ？

日本じゃ通用しないから。

そんなニュアンスはしっかりとリリィに伝わったらしい。

『……殺す』

リリィの顔が本気《マジ》になった。

「がぁぁぁあ！」

『はぁあああ!!』

試合は増々ヒートアップしていき、二人の口から女の子とは思えないような気合いが漏れだす。

国を背負った戦い（？）は縺《もつ》れに縺れ、長引いた。

そして最終的には五セット目で……。

『勝った!!』

「ま、負けた……」
リリィが勝った。
ガッツポーズをしたリリィは一目散に俺の方に駆けてきた。
『ソータ!! 勝ちました!! あなたに勝利を捧《ささ》げます!!』
汗だくで、息を切らしながらリリィは俺にそう言った。
捧げられても困る。
『あ、あぁ、うん。おめでとう……さすが、リリィだ。勝つと信じてたよ』
取り敢《あ》えず、リリィを褒めた。
するとリリィは嬉しそうな笑みを浮かべた。
ボールを咥《くわ》えて来た犬みたいだなと、俺は思った。
『ご褒美、ください』
『……ご褒美?』
いきなりご褒美と言われても……。
一体何をすればよいというのだろうか?
そんなことを思っていると、リリィは俺に頭を突き出してきた。
『撫《な》でてください』

『は、はぁ……まあ、いいけど』
言われるままに俺はリリィの頭を撫でた。
美しい銀髪は汗に濡《ぬ》れてもなお、艶《つや》やかで手触りが良かった。
『ふふん』
リリィは俺に撫でられながら、なぜか美聡の方を向いた。
自慢気な顔だ。
一方の美聡は苦笑しながら、こちらに近づいてきた。
「まさか、負けるとは思ってなかったよ。アメリアちゃん、本当に凄《すご》いね」
『気持ちの力です。あなたには負けません』
「っく、そ、そう……」
リリィのよく分からない回答に、美聡は噴き出した。
二人にしか分からないギャグなのか……？
「またやりましょう。次は負けないから」
美聡はそう言ってリリィに手を差し出した。
リリィは少し驚いた表情を浮かべてから、美聡の手を取った。
『ええ、もちろん』

本当に喧嘩して友情を深めたな……。

うん、まあ、いいことか。

クラブ活動を終え、下校間際に美聡からメールが来た。

文面には「この女《おんな》誑《たら》しめ」と書かれていた。

意味が分からん。

※

「今日は母さんが帰るの遅い日だから、夕食は俺が作るんだけど……何が食べたい？」

下校中。

俺はリリィに尋ねた。

「そーた、つくれるんですか？」

「まあ、そこそこ」

と言っても男の一品料理みたいなものしか作れない。

料理上手だとは言えない。

貴族令嬢が満足してくれるかどうか。

「きたい、してます」

「ほどほどに頼むよ」

そして改めて俺はリリィに何が食べたいのか尋ねると、彼女は「日本の家庭料理の中で、あなたが得意なものを」と答えた。

焼きそばでも作るか。

和食ではないが、日本の家庭料理だ。

あり合わせの材料で作れるし、味付けも付属の粉と塩コショウで済む。

※

十九時頃。

母から「今日は会社に泊まる」というブラックな連絡を受けてから、俺は夕食を作り出した。

母ほど手際は良くないが、料理が簡単なこともあり、三十分ほどで出来上がった。

「これ、おいしいです。すきなあじです」

幸いにもリリィは焼きそばの味を気に入ってくれたらしい。

そう言えばイギリスでもファストフードとか、好んで食べてたっけ。

ジャンキーな食べ物がタイプのようだ。

「そーた、いがいと、じょーずですね」

〝意外〟は余計だ。

……もっとも、味付けは付属の粉だけなので、すごいのは俺ではなくメーカーの企業努力だけど。

食後。

皿洗いを済ませてから、俺はリリィに尋ねる。

「シャワー、どっちが先に入る？」

俺の問いにリリィは少し考え込む様子を見せた。

気が付くと彼女の頬《ほお》は仄《ほの》かに赤く染まっていた。

そして恥ずかしそうにモジモジしながら答える。

『えっと、その、じゃあ、一緒に……』

『……一緒に？』

聞き間違えか？

俺が聞き返すと、リリィは慌てた様子で首を左右に振った。

『なんでもありません。……私は後で構いません』
ということなので、俺は先にシャワーを浴びることにした。
リリィが待っていることもあり、手早く体を洗ってしまう。
バスタオルで体を拭いてから、俺は脱衣室から出ようとして……。
「……あ、危ない」
そうだ、今日はリリィがいるんだった。
裸で辺りをうろつくわけにはいかない。
俺はちゃんと着替えてから、脱衣室から出た。
「お待たせ」
「はい」
リリィは俺と入れ違いに脱衣室に入っていった。
ドアを閉める。
しばらくして衣擦《きぬず》れの音が聞こえる……ような気がした。
気のせいだ。
しかしこの奥でリリィが一糸纏わぬ姿になっているのだと思うと……。
……やめよう。

同居人に対してそういうことを考えるのは良くない。

俺はリリィのことを意識しないようにするため、ソファーに座り、テレビをつけた。

時間にして、十分ほどだろうか。

背後から脱衣室のドアが開く音がした。

「あがりました」

「あぁ、お疲れ……」

振り向き、リリィの姿を見た瞬間。

俺は自分の心臓が止まったのではないかと、錯覚した。

「なにを、みているんですか？」

リリィは黒いワンピースのようなパジャマを着ていた。

いわゆる、ネグリジェというやつだ。

黒くふんわりとした生地に、美しいレースがいくつも重なった、可愛らしくも妖艶《ようえん》なデザインの寝間着だ。

日本人なら絶対に着こなせないデザインだが、銀髪碧眼の美少女であるリリィには良く似合っていた。

まるで童話の世界から抜け出て来た、お姫様のようだった。

昨晩はこんなの着てなかったのに……。

「い、いや、べつに……」

俺は慌てて目を逸《そ》らした。

可愛くて見惚《みと》れていたなんて言えない。

「……？　なにをみていますか？」

「お、おい」

よほど気になるのか、リリィは俺に詰め寄ってきた。

近寄られたことで、気付いてしまったことがある。

上品で可愛らしいデザインとは裏腹に、このネグリジェの生地は薄めだ。

程よい透け感がある。

そのせいか、シャワーから上がったばかりでほんのりと赤く上気したリリィの肌が、僅かに透けて見えた。

レースで飾られた首元はVネックになっていて、綺麗なデコルテラインがチラりと覗《のぞ》く。

つまり、ちょっとエロい。

『通じていませんか？　何を見ていますか？』

英語で再度、問い詰められる。

白状するしかないか……。

『その、可愛いと思って』

『……はい？』

『リリィが……えっと、その服。似合ってる。とても可愛らしいし、綺麗だ。お姫様みたいだ』

俺は目を逸らしながらそう言った。

しかし白状したにもかかわらず、リリィは何も答えない。

これは本当に怒らせてしまったか？

俺は恐る恐る、リリィの方に視線を向けた。

『えっと、リリィ？』

リリィは固まっていた。

その顔は先ほどよりも、ずっと赤い。

耳までトマトのように真っ赤に染まっている。

『……揶揄っているんですか？』

『えっ？』

『何の番組を見ているのかと、聞いているんです！　誰も私のことを褒めろと言ってません!!』

リリィはテレビを指さしながら叫んだ。

あ、あぁ……な、なるほど！

てっきり、ジロジロ見ていたのを怒られたのかと思っていた。

『す、すまない！　か、勘違いした。てっきり、見ていることを怒られたのかと思って……。えっと、揶揄ったわけじゃない。……本音だ』

『そ、そうですか。……なら、いいです』

俺の言葉にリリィは照れくさそうに髪を弄《いじ》った。

怒っているわけでは……なさそうだ。

『……それで何を見ていますか？』

『あ、あぁ……日本のテレビ番組だよ』

『ふーん。……いつ、終わります？』

『え？　あぁ、あと三十分くらいかな？　何か、見たい番組でもあるのか？』

俺の問いにリリィは首を左右に振った。

『いえ、別に。……終わったら、少し用があります。いいですか？』

『いや、今でいいよ』

俺はテレビを消した。
リリィは怪訝《けげん》そうな表情を浮かべる。
『見なくていいんですか？』
『暇潰しで見ていただけだから』
『……そうですか』
俺の言葉にリリィは僅かに口角を上げた。
嬉しそうだ。
「それで用って？」
俺は日本語でリリィにそう尋ねた。
するとリリィもまた、日本語で返した。
「べんきょう、てつだってください」

※

どうやら、留学生には春休みに課題が出ていたらしい。
日本語で作文を書くという課題だ。

それを添削してほしいというのがリリィのお願いだった。

「ここところは切った方がいいかな。あと、句読点はこっちに打った方がいい。ここだと意味が変わってしまう」

「ふむ、なるほど」

日常会話では問題なく話せているリリィだが、書き言葉はお世辞にも上手とは言えなかった。

話を聞くと、どうやらスピーキングとリスニングに注力し、ライティングとリーディングは後回しにしたらしい。

それ故に漢字は全く書けないから、文章はほぼ平仮名。

助詞の「は」が「わ」に、「を」が「お」になっているところもある。

加えて、その「は」と「ほ」、「あ」や「お」を混同している部分もあった。

そしてスピーキングができるせいか、話し言葉の感覚で書き言葉を書いている節がある。

一文が妙に長く、繋がっていて、何が言いたいのか分からない文章がたくさんあった。

読み解くのはかなり辛《つら》い。

しかしそれ以上に辛いことがある。

「ふむ、なるほど」

距離が近い。

熱心に聞いてくれるのはいいことだが、気が付くと肩と肩が触れそうなほど、近づいている。

前のめりになると、弛《たる》んだ服と肌の間から、谷間がチラチラと見え隠れする。

頭が動くたびに、銀髪からふんわりと甘い香りが漂ってくる。

さっきから、ドキドキしっぱなしだった。

思えば、イギリスにいた時も距離が近かった。

出会った頃はむしろ距離が遠かったのだが……。

いつから、こんなに距離を詰めてくるようになったのだろうか？

「ありがとう、ございます。さんこうになりました」

「そ、そう。なら、良かった」

ようやく離れてくれる。

そう思ったが、しかしリリィは俺から離れてくれなかった。

「そーた。おねがいがあります」

「な、何でしょうか？」

「あす、デート、しませんか？」

明日、デート？

確かに明日は休日だけど。

「どこか、行きたい場所でもある？　日本観光？」

俺がそう尋ねると、リリィは首を左右に振った。

「おかいもの、です。ふくを、かいたいです」

あぁ、なるほど。

そう言えば服とかは日本で買いそろえるつもりだったから、あまり持ってきていないと言っていた。

そろそろ買いそろえないと、不便だろう。

「分かった。いいよ」

「ありがとう、ございます」

リリィは嬉しそうに表情を綻ばせた。

……近距離だと、破壊力が高いな。

第二章　服を買いに来たはずの貴族令嬢、とんでもない物を購入する

「そーた。おねがいがあります」

黒いネグリジェを身に纏《まと》ったリリィは、俺の体に馬乗りになりながらそう言った。

俺の体は石のように硬く、全く動けない。

「お、おねがいって何を……」

俺が尋ねると、リリィは自分の胸元を指さした。

リボンを解くと、胸元が大きく開く。

肩から下げるように、ネグリジェを脱いでいく。

「ま、待て！　リリィ、何を……」

下着だけの姿になったリリィは、ゆっくりと俺に顔を近づけた。

そして耳元で囁《ささや》く。

「おきてください」

お腹《なか》の上の重い感触。

体を揺すられる感覚。

「そーた、そーた。おきてください」

そして天使が鈴を鳴らしたような、可愛《かわい》らしい声を聴いた俺は目を醒《さ》ました。

ぼんやりと霞《かす》む視界の先には銀髪の天使がいた。

「おはよう、ございます」

「うん……おはよう。……って、リリィ……ゆ、夢じゃない⁉」

一瞬で目が覚めた。

リリィは俺のお腹の上に馬乗りになっていた。

いや、よく見るとちゃんとネグリジェを着ている。全裸ではない。

半分くらいは夢だったようだ。

「ど、どうした⁉」

「ねぼう、です、おこしにきました」

ねぼう。

……寝坊⁉

びっくりして、時計を見たら朝の八時だった。

確かにそろそろ学校に行かないといけない時間だ。

……いや、今日は土曜日、休日だ。

学校は休みのはず。

「……早くない？」

休みの日くらい、ゆっくり寝かせてほしい。

そう思いながらリリィに尋ねると、リリィは不満そうな、悲しそうな表情を浮かべた。

「……わすれたんですか？」

「忘れた？　……えっと、何を？」

「でーと、です。さくばん、やくそくしました」

リリィは不機嫌そうに俺の上で体を上下に揺する。

下半身に良くない刺激が伝わってくる。

ちょっと、その動きはやめてほしい。

「まさか。昼から行こうと思っていたんだ」

「……そうですか？」

リリィはムスッとした表情を浮かべる。

これはイライラしている時の顔だ。

信じてくれていないのか？

確かに昼から行こうとは約束しなかったが、別に朝から行こうとも約束していなかったはずだが。

リリィの頭の中では、朝から行くことになっていたのだろうか？

俺がそう思っていると……。

くぅー……。

小さな音が聞こえてきた。

お腹が鳴る音だ。

「朝ごはん、食べたい？」

「……そんなこと、ないです」

リリィはそっぽを向きながらそう答えた。

その頰《ほお》は仄《ほの》かに赤く色づいていた。

その日の朝食は洋食にした。

イングリッシュ・ブレックファストを再現したような内容だ。

日本に帰ってから恋しくなり、自分なりに再現を重ねてきた……自信のあるメニューだ。

「なかなか、おいしいです」

リリィは上機嫌な表情で俺が作った朝食を食べてくれた。

幸いにもイングランド貴族にも通じる味に仕上がっていたようだ。

※

朝食を食べ終わる頃、母が帰って来た。

モゾモゾと朝食を食べる母に「リリィと服を買いに行く」と伝えたところ、「せっかくだし、お昼に美味《おい》しいものでも食べてきなさい」と小遣いをくれた。

そして朝食後に「私は寝るから」と寝室に向かう母を見送り、俺たちは買い物に行くことにした。

「では、いきましょう」

白い清楚《せいそ》なワンピースを着たリリィは俺にそう言った。

リリィがイギリスから持ち込んできた、数少ない私服だ。

お気に入りなのだろう。

「あぁ。……ところで、それ、寒くないか？」

まだ四月の初旬。

日が出れば暖かいが、空気は少し肌寒い。

季節外れというわけではないが、もう少し暖かい恰好《かっこう》をした方がいいのでは？　と思わないでもない。

「そうですか？　にほんは、イングランドとくらべると、あたたかいので。こんなものかなと」

確かに日本とイギリスならイギリスの方が寒い。

俺はまだ肌寒く感じるが、リリィには「もう暖かいし、春真っ盛り」という気温なのだろう。

「それとも……へん、ですか？」

「まさか。似合ってるよ。すごく可愛い。『可愛いよ』」

顔立ちもスタイルも完璧な美少女であるリリィには、こういうシンプルなデザインの服が似合う。

リリィにしか着こなせない、とも言えるが。

俺が褒めると、リリィの頬が赤く染まった。

白いワンピースを着ているせいか、普段よりも肌が赤く見えた。

『変でなければ、結構です』

リリィは小さく鼻を鳴らした。

※

「よいかいものができました」

一通り服を買い終えたリリィは上機嫌な表情でそう言った。

俺は正直、疲れた。

あれこれと試着するたびに、リリィが俺に感想を求めてくるからだ。

同じ感想を口にすると「それはさっきも、ききました」と返してくるので、服が変わるたびにしっかりと考えないといけない。

一着や二着なら別に構わないが、十着を超えると疲れる。

「つぎ、いきましょう」

「次は何を買うんだ？」

まだ何か買うのか。

と、言いたかったがグッと堪え、俺はリリィに尋ねた。

「えっと……」

リリィは適切な日本語が浮かばないのか、しばらく考え込み、それから辺りを見渡す。

そして目当ての店を見つけたのか、ある店舗を指さした。

「あれです」

「あ、あぁ……うん、なるほど」

リリィが指さしたのは女性向けのランジェリーショップだった。

つまり下着だ。

なるほど、確かに重要だ。

一日に最低、一度は変えないといけないから、数もいる。

「いきましょう」

「えっと……俺も？」

「とうぜん、です。わたし、にほんご、わかりません」

リリィは冗談めかした口調でそう言った。

下着を買うくらいなら問題ないレベルの日本語力はあると思うのだが……。

「ひとりだと、ふあんです……」

リリィは顔を俯《うつむ》かせ、それから上目遣いで俺を見た。

こういう顔をされると、嫌とは言えない。

「分かった。……付き合うよ」

俺はリリィの後を追うような形でショップに入る。

店内はどこを見ても下着ばかり。

不思議とマネキンもエロく見える。

ポスターのモデルの女性も半裸だから、目のやりどころに困る。

あ……あの人、リリィに顔立ちがちょっと似てるな。

リリィも服の下にはああいうのを着ているのだろうか……いや、俺は何を考えているんだ。

「……なに、みてるんですか?」

モデルの写真を眺めていると、隣から不機嫌そうな声が聞こえてきた。

「いや、別に。何も見てないよ」

「うそ、です。イヤらしいめをしてました。……わたしとの、デートに、なにをかんがえてたんですか?」

イヤらしい目って……。

別にそういうことを全く考えていなかったわけじゃないけどさ。

「リリィに似てるなって、思ってただけだ」

俺がそう答えると、リリィはその青い瞳を大きく見開いた。

みるみるうちに顔が赤くなっていく。

しまった、正直に言いすぎた。

セクハラだと訴えられても文句は言えない。

「あー、いや、別にその、変な意味じゃ……」

『だったら、私を見てください』

リリィはこちらを睨《にら》みつけながらそう言うと、顔を背けた。

そして小さく鼻を鳴らす。

怒っている……わけではなさそうだ。

どちらかと言えば照れているように見える。

……モデルと顔が似ていると言われたのが、嬉《うれ》しかったのだろうか？

『（ああいうのが、好きなんですね……）』

リリィは赤らんだ顔のまま、英語？　でボソボソと何かを呟《つぶや》いた。

そしてセクシーなポーズをしているモデルの写真へと……否《いや》、そのすぐ側で売られている下着——モデルが着用しているものと同じ——へと目を向け、それを手に取った。

「そーた」

「……なに？」

「どちらがいいとおもいますか？」

リリィは赤色の下着と青色の下着を手に持ちながら、俺にそう尋ねた。

……いや、俺に聞くなよ。

そう思ったが、リリィは早く答えろとこちらを睨みつけてきた。

答えるしかないようだ。

「……じゃあ、青？」

リリィの髪は美しい銀髪だ。

赤のような暖色系よりは、寒色系の方が合う気がする。

俺がそう伝えると……。

『何を本気で答えているんですか？　気持ちが悪い。ジョークに決まっているじゃないですか』

この女……。

答えなかったら答えなかったで文句を言うくせに。

『……でも、一理ある気がします。参考にしてあげることにしましょう』

リリィは早口でそう言いながら赤色の下着を戻した。

それから青色の下着をじっくりと観察し、首を傾《かし》げた。
「サイズのみかたが、わからないです。……しってますか？」
「知ってるわけないだろ」
「ですよね。しってたら、きもちわるいです」
リリィはそう言ってから近くを通りかかった店員に声を掛けた。
リリィに声を掛けられた店員は、僅かに表情を引《ひ》き攣《つ》らせる。
やべぇ、外国人に声を掛けられちゃった。英語、分かんねぇよ……。
そんな顔だ。
『ソータ、通訳いいですか？』
『日本語で話せるだろ？』
『サイズが正しく伝わるかどうか、分からないじゃないですか』
リリィはそう言ってから、俺の耳元に唇を寄せた。
『私のサイズは上から——です』
リリィの吐息が俺の耳を擽《くすぐ》る。
内容が内容だからか、変な気分になりそうだった。
『よろしく、お願いします』

リリィは少し赤い顔で俺にそう言った。

恥ずかしいなら自分で言えよな……。

「あー、えっと……彼女は……」

俺は女性店員に向けて、リリィの言葉を伝える。

見知らぬ女性に対して、自分の女友達の胸のサイズを伝えるという意味の分からないシチュエーションに俺の頭がおかしくなりそうだった。

「なるほど。よろしかったら、実測してみませんか？」

俺という通訳がいることに安心したのか、調子を取り戻したらしい店員がそう提案してきた。

そうか、その手があったか。

「では、はかります。よろしくおねがいします」

「それではこちらに……」

リリィは店員に試着室へと案内される。

当然、俺は置いていかれる。

ランジェリーショップで一人で待つのは難易度が高かったので、俺は店の外でリリィを待つことにした。

しばらくして、満足そうな表情を浮かべたリリィが戻って来た。

「まえより、おおきくなってました。はかるの、だいじですね」

「あ、あぁ……そう」

そうか、あれよりも大きいのか。

やっぱり、スタイルいいなぁ……。

思わず視線がリリィの胸元に向いてしまう。

するとリリィは眉を顰《ひそ》めた。

「イヤらしいめで、みないでください」

「……別に見てない。そもそも、報告してくるな」

サイズを報告されたら、気になっちゃうのが自然だろ……。

※

それからあれこれ日用品など——肌に合いそうな化粧品や石鹸《せっけん》などを購入し終え、時刻は十三時頃になった。

「そーた、おなかがすきました」

リリィはやや不満そうな声でそう言った。

このままだと八つ当たりされそうだし、腹が空《す》いているのは俺も同じ。

「昼食にしようか。何が食べたい？」

「ほんばのおすし、たべたいです」

待ってましたとばかりにリリィはそう言った。

寿司《すし》と言っても、回らない店と、回る店がある。

せっかくだし、回らない寿司屋の方がいいだろうと思ったが、リリィの方から回転寿司《かいてんずし》チェーンがいいという要望が来た。

どうやら、リリィが親から貰《もら》っているお小遣いは決して無限ではないらしい。

考えてみれば、俺がイギリスでリリィと一緒に行った寿司屋も回転寿司チェーン店だった。

あそこも不味《まず》いわけではなかったが、日本の回転寿司チェーン店の方が美味しい。

それに回転寿司は寿司以外にも、揚げ物やラーメン、デザートなどのメニューも豊富だ。

リリィもその方が楽しめるだろう。

というわけで、回転寿司に連れていくことにした。

『これが日本のお寿司！　イングランドと全然、違いますね!!　知らないお魚ばかりです!!』

リリィは流れる寿司を見ながら、目をキラキラさせた。

イギリスの回転寿司メニューは、日本人には寿司とは認《みと》め難《がた》いモノが多かったが、リリィにとってはそれこそがSUSHIなのだ。

それと比較して、いろいろ異なる部分が多い日本の寿司は新鮮に見えるのだろう。

「このおさかなは、おいしい、ですか？　どんなあじ、ですか？」

「うーん、そうだなぁ……」

リリィはあれこれと俺に寿司ネタについて尋ねてきた。

できるだけ答えるように努力するが、俺も寿司や魚に詳しいわけではない。

「気になるなら食べてみればいいんじゃないか？」

「それもそうですね！」

俺の適当な返しに納得したのか、リリィは片っ端から寿司をタッチパネルで注文し始めた。

それをパクパクと食べていく。

「これは……しってます。からあげ、ですよね？　フライドチキン！」

「唐揚げだけど、鶏じゃないな。蛸《たこ》だ」

「たこ？　とりのいっしゅですか？」

『octopus（蛸）。唐揚げは鶏だけに限らないんだ。魚もある』

俺がそう答えると、リリィは驚いた様子で目を丸くした。

『へぇ、蛸の揚げ物……！　気になります』

そう言って注文する。

そして届いた蛸の唐揚げを恐る恐る箸で摘み、口に入れる。

「どう？」

「おいしいです。これ、すきです」

口に合ったようだ。

それからリリィは茶碗蒸し《ちゃわんむ》（しょっぱいプリン）に目を丸くしたり、唐揚げと天ぷらは何が違うんだと言いながら海老天《えびてん》を頬張り、これも食べたかったとうどんと蕎麦《そば》に舌鼓を打ち、そして変なゼリーだと首を傾げながら葛餅も完食した。

「ごちそうさま、です。……おいしかったです」

リリィは満足そうな表情でそう言った。

彼女の目の前には寿司皿が高く積み上がっている。

一見すると俺の一・五倍程度に見えるが、実際は蕎麦やうどんなど量が多いメニューも食べているので、摂取した総重量は倍以上だ。
……こんなに食べるのにどうして太らないんだ？
やはり胸に栄養が行っているのか？
その日の夜。
リリィが例の下着を着て、俺に迫ってくる夢を見た。
女友達を相手にそんな夢を見るなんて。
もしかして俺は性欲が強く、見境ないのだろうか？
俺は少しだけ、自己嫌悪した。

※

月曜日。
私——アメリア・リリィ・スタッフォードにとって、二度目の登校日。
初めての体育の授業を終えた後。
『アメリアちゃん。その下着、可愛いね。どこで買ったの？』
更衣室で着替えていると、ミサトが話しかけてきた。

テニスで試合して以来、彼女は妙に馴《な》れ馴《な》れしい。
だが恋敵と馴れ合うつもりはない。
しかもこの下着はソータの趣味だし、わざわざ教えてあげる義理は……。
いや、待てよ？
『えきまえの、ひゃっかてん、です。どようび、そーたといっしょに、いきました』
『へぇー、もしかして聡太《そうた》に選んでもらったりしたの？』
ミサトはニヤニヤと笑みを浮かべながらそう言った。
私は思わずほくそ笑む。
『そうです。そーたが、えらびました』
厳密にはソータが選んだわけではなく、ソータが注目していた下着を買っただけだが
……。
それはソータが選んだようなものだし、嘘《うそ》ではない。
私の言葉にミサトは大きく目を見開いた。
『へ、へぇ……聡太が選んだの。あの、聡太がねぇ。私よりも先に……』
ミサトは不思議そうに首を傾げる。
さすがの彼女も動揺しているようだ。

一緒に入浴したことがあるだかなんだか知らないが、今のソータの恋人は私だ。

『これ、聞いていいのかどうか分からないんだけどさ』

『なんですか』

『アメリアちゃんって、もう、聡太とセックスしたの？』

ふぇ？

せっくす？　ソータと？

私は自分の顔が熱くなるのを感じた。

「な、なっ……す、するわけ、ないじゃないですか！　そんな、ふしだらな……婚前交渉なんて、神様が許しません！　そういうのは、結婚してからです」

『ごめん、もっとゆっくり言って。したことないってことで、合ってる？』

『あたりまえです』

私がそう答えると、ミサトはどこかホッとしたような表情を浮かべた。

エッチなことをしたことがないからといって、私とソータが愛し合っていることは変わらない。

この女が入る隙間はない。

『逆にどこまでしたことあるの？　キスは？』

『……ないですけど』

私が答えると、ミサトはにんまりとした笑みを浮かべた。

勝ち誇ったような顔だ。

ムカつく。

『ふふ、そうよね。安心したわ。……あの聡太が私よりも先にファーストキスを卒業するなんて、あり得ないわ』

ミサトは何やら、ぶつぶつと呟いた。

ファーストキスがなんとか……。

まさか、ソータのファーストキスを狙っているのだろうか？

『あなたにはあげません。そーたは、わたしのものです』

私がそう宣言すると、ミサトはきょとんとした表情を浮かべた。

そしてしばらくしてから、噴き出した。

『そ、そう！　そ、そうね……ふふ、頑張ってね。私に先を越されないように……っくく』

っく……馬鹿にして！

いや、落ち着け、私。

今、ソータと一緒に暮らしているのは、恋人なのは、私だ。

優位に立っているのは私だ。
この女の言葉は全部、負け惜しみ。
私は自分に言い聞かせながら、制服を着る。
それにしても……。
『そのスカート、あたらしくしたら、どうですか?』
私が貰った制服のスカート丈は、膝を覆い隠すくらいの長さがある。
しかし私以外の女子生徒は、みんな膝を出している。
特にミサトはスカートが短い。中身が見えてしまいそうだ。
いくら日本人が物を大切にすると言っても、限度があるだろう。
成長に合わせてスカートを買い替えるべきだ。
私がそう伝えると、ミサトは苦笑いを浮かべた。
『これはあえて短くしてるのよ。わざとよ。古いのを着ているわけじゃないの』
『あえて?　……どうしてですか?』
『こっちの方が、可愛いでしょ?　脚も長く見えるし』
ミサトはそう言いながらスカートを摘んだ。
ふしだらなだけだと思うけど……。

『テニスのユニフォームだって、ミニスカじゃない』

「あれは中にアンダースコートを穿《は》いています。それに元からそういうデザインです」

ミニスカートをミニスカートとして穿くのはおかしくない。

だがロングスカートをミニスカートに変えるのはおかしい。

私が英語でそう主張すると、ミサトは負けずに言い返してきた。

『あえてデザインを変えるのが、お洒落《しゃれ》なのよ。日本の女子高生では、こういうのが流行《はや》っているの』

「ふーん、そうですか」

『アメリアちゃんも、短くしてみない？　絶対、可愛いと思うけど』

「私はイングランド人です」

『そう？　残念』

ミサトはなぜか、がっかりした様子で肩を落とした。

人のスカート丈なんか、どうでもいいと思うけれど。

『聡太は多分、短い方が好みだと思うけどなぁー』

むっ！

「そんなはずありません」

『聡太がそう言ったの？』

「それは……」

確かにテニスをしている時、たまに脚に熱い視線を感じるような……。

ユニフォームも「可愛い」って褒めてくれたし。

まさか……。

『聡太は脚フェチよ』

なっ！

「ど、どうしてそんなこと、知ってるんですか？」

『どうしてだと思う？』

ニヤニヤとミサトは笑みを浮かべながら言った。

くっ……！

「信じません！」

『そう。アメリアちゃんの勝手だから、いいけどね。じゃあ、私は一足先に教室に戻るから』

ミサトはそう言いながら更衣室を出ていった。

残された私は、思わずスカートを摘む。

……本当に短い方が、好きなのだろうか？

※

火曜日。

リリィが日本に来て、三度目の登校日。

「そーた、これ、どうですか？　……へんじゃないですか？」

リリィがスカートを指で摘みながらそんなことを聞いてきた。

制服の感想は以前、一度聞かれた気がする。

しかし以前と様子が違う。

顔も真っ赤だし、足もモジモジとしている。

何だか、ちょっとエロい雰囲気がする。

この変化は……。

「スカート、みじかく、しました」

そう言われて俺は気付く。

昨日までは膝を覆う程度の長さだったスカートが、膝上十センチ程度の長さになっている。

目測だが十五センチ以上、短くなっている。

そう言えば、夜な夜な何かしてたな……。

「おかしくはないけど、どうしたんだ？」

「……みんな、みじかかったので。みさとも……」

我が校の校則は緩い。ゆるゆるだ。

制服の改造も、原形を留《とど》めている限りは自由だ。

だから女子はスカートを短くする傾向がある。

特に美聡《みさと》はパンツが見えるんじゃないかというレベルで短い。

まあ美聡のパンツや脚には欠片《かけら》も興味はないが。

「無理に合わせなくてもいいいんじゃないか？」

正直に言うと好きだが、大事なのはリリィの意志だろう。

見る限りリリィは恥ずかしそうにしている。

恥ずかしいならやめた方がいいのではないだろうか。

「……そーたは、どっちがすきですか？」

俺の意見なんて聞いてどうするんだと思うが……。

あらためて俺はリリィの姿を観察する。

昨日と比較すると短くなってはいるが、それでも膝上程度。

我が校の女子の平均……よりやや長いくらいだ。

下品ではない。

そしてリリィは足がとても長い。

スカートを短くすることで、それがさらに強調されている。

チラりと覗《のぞ》く、白い太腿《ふともも》もとても綺麗《きれい》だ。

『あの、あまりジロジロ見られると……やっぱり変……』

『可愛いよ。素敵に見える』

『そ、そうですか⁉』

俺の言葉にリリィは上擦った声を上げた。

そして何度かスカートを摘み、迷った様子を見せてから頷《うなず》く。

『ソータがそう言うなら……ちょっと、恥ずかしいですけど……』

『あくまで俺の一意見だから。気にしなくていいよ』

恥ずかしいならやめた方がいいんじゃないか？

俺がそう言うと、リリィはこちらを睨みつけてきた。

『別にあなたのためじゃありません。勘違いしないでください。ローマではローマ人のようにするだけです』

郷《ごう》に入《い》っては郷《ごう》に従《したが》え、か。

まあ、リリィが馴染もうとしているならそれはいいことか。

それがスカートの長さというのは変な話だが。

そういうわけでスカートを短くすることにしたリリィだったが、やっぱり恥ずかしいらしい。

時折、スカートの裾を押さえたりしていた。

椅子に座る時は両手でスカートを前に引っ張る仕草をする。

階段を歩く時は露骨で、お尻に手を置いていた。

我が校の女子は短いスカートで堂々と大股で歩いたりするので、そんなリリィの仕草はとても新鮮で、可愛らしかった。

『スカート、長くしたら？』

見かねた俺がそう言うと、リリィは顔を真っ赤にしながらスカートを押さえた。

そしてこちらを潤んだ瞳で睨みつけてくる。

『すぐ、慣れるので。……余計なお世話です。次、指摘したら……殺します』

変な性癖に目覚めてしまいそうだった。

このままでいてほしい。

間違えた、やめてほしい。

※

「日本史、どうだった？」

一限目が終わった後、俺はリリィに尋ねた。

イングランドでは齧《かじ》ったこともない内容だろうし、難しい漢字も多い。

理解できたのだろうか？

「おもしろかったです」

リリィはいつものクールなすまし顔でそう答えた。

少し機嫌が良さそうに見えるので、これはきっと本当に面白かったのだろう。

この様子だと、ちゃんと授業内容も聞き取れたのだろう。

ノートには英文でメモ書きが書かれていた。

「ききとりづらいところも、あったので、あとで、よる、させてください」

「ああ、うん。いいよ」

夜か……。

あの恰好で、毎日、距離を詰められるのは辛《つら》いんだけどな。

嫌とは言えないが。

「次の時間は英語だけど……リリィは違うよな？」

釈迦《しやか》に説法。

リリィが今更、英語で学ぶことがあるとは思えない。

記憶が正しければ、留学生は別に日本語の授業があったはずだ。

「わたしは、にほんご、です。……このきょうしつ、どこか、わかりますか？」

「そこは三階だな。案内しようか？」

「おねがいします」

俺はリリィを目的の教室まで連れていく。

その道中……。

「（あれが噂《うわさ》の美少女留学生か）」

「（わぁ、超可愛い）」

「（スタイル超いいじゃん。足、長……）」

「（あの子、貴族らしいぜ。確かにオーラが違うよな……なんとなく）」

「(あの銀髪、地毛なの？　すごい！)」

「(彼氏、いるのかな？)」

「(噂では、恋人を追いかけて日本に来たらしいぜ)」

「(それって、隣のやつじゃね？)」

リリィのことはすでに学校中で噂になっているらしい。

周囲からの視線を一身に浴びていた。

『あの、ソータ』

『うん？　どうしたの？』

『み、見られている気がします』

リリィは居心地悪そうに小声でそう言った。

頬が仄かに赤い。

……注目を浴びて恥ずかしがるタイプだったっけ？　我関せずのイメージがあったが。

『す、スカート……やっぱり、おかしいですか？』

リリィは足をモジモジさせ、スカートを引っ張りながらそう言った。

どうやら自分のスカート丈が注目を浴びていると、勘違いしているようだ。

『そっちじゃないから、大丈夫』

『……では、何ですか？』
『あれが噂の美少女留学生かー、って感じだな』
『ふーん、そうですか』
俺の言葉にリリィは満更でもなさそうな表情を浮かべた。
そうこうしているうちに目的の教室に到着した。
「では、つぎのじかんで」
「ああ」
俺はリリィと別れ、自分の教室に戻った。
六十五分、時間が経過し、二限目が終わった。
次の時間は化学。場所は理科室だ。
「迎えに行くか」
俺はリリィがいるはずの教室に向かう。
しかしリリィの姿は見えない。
入れ違いになってしまったか。
そう思った俺だが、ふとリリィの声が聞こえた。
『いえ、結構です。興味ありませんから』

「サッカー、サッカー部ね。マネージャーっていうのは……」

さほど離れていない場所で、リリィを見つけた。

そのすぐ側には三人ほど、男子生徒がいる。

一人、見たことあるやつがいるな。

確か、サッカー部のやつだ。

会話の内容と状況から察するに、サッカー部がリリィをマネージャーとして勧誘しているようだ。

そして断られている。

サッカーは……まあ、興味ないだろうな。ラグビーならともかくとして。

もっとも、リリィはマネージャーという柄じゃないだろうけど。

「うーん、通じてないのかな……」

サッカー部員は首を傾げていた。

多分、通じていないのは彼の日本語ではなく、リリィの英語だ。

「きょうみ、ありません」

「待てよ。話はまだ終わってないから」

立ち去ろうとするリリィの腕を、サッカー部員が掴《つか》んだ。

リリィはそれを手で払《はら》い除《の》ける。

険悪な雰囲気だ。

「ごめん、リリィ。待たせた」

俺は二人の間に割り込みながら、そう言った。

そしてリリィの袖を軽く掴み、その場から離れようとするが……。

「おい、待てよ。勧誘の邪魔するな」

睨まれた。

休み時間中は勧誘禁止のはずだろ……と、正論を言っても止まらないか。

「彼女、もう、テニスクラブ員だから」

俺がそう言うと、サッカー部員は悔しそうに表情を歪《ゆが》めた。

そんなに人手不足なのか？　サッカー部は。

「なあ、サッカー部のマネージャーやらない？　テニスなんかより、楽しいぜ？　女の子もたくさんいるしさ」

そして未練がましくリリィを勧誘する。

マネージャーが欲しいのではなく、リリィが欲しいらしい。

あわよくばという感じか。

『だから……』

「リリィ」

『え、あ、ちょっと……』

今にも噛《か》みつきそうな勢いのリリィを、俺は抱き寄せた。

リリィは困惑気味の表情を浮かべる。

そんなリリィを無視し、俺はサッカー部員に笑みを向けた。

「彼女は俺の女だから」

空気が凍り付いた。……嘘でもくさすぎたか。

どちらにせよ、サッカー部員は硬直している。

「行こう、リリィ」

『は、はい……』

固まってしまっていたリリィの肩を押すように、俺はその場から退散した。

階を跨《また》げば、もう追ってこないかな？

『あ、あの、ソータ。は、離れてください』

「あぁ、悪い」

俺は慌ててリリィの肩から手を退《ど》けた。

リリィの顔は真っ赤だった。
『助かりました。ありがとうございます。ただ、その……』
リリィは恥ずかしそうに目を伏せた。
『他人の前で、俺の女というのは、ちょっと……やめて、もらえますか？』
さすがにやりすぎたか。
演技とはいえ、俺も少し恥ずかしくなってきた。
『ごめん。この方が話は早いと思ってさ』
『分かっています。それで何をしに来たのですか？』
『ああ、次の時間。理科室で授業だから。案内しようと思って』
『そうでしたか。では、お願いします』
そう言うリリィは、なぜか目を合わせてくれなかった。
……怒らせちゃったかな？

第三章

語学留学に来た貴族令嬢、日本での生活を楽しむ

「という感じで、日本での生活は順調です」

日本へ留学に来て、三週間。

私は友人であるメアリーへ、電話で経過報告をした。

ソータに会いたいのなら、あなたが日本に行けばいいじゃない。

そう言って背中を押してくれたのは彼女だ。

「そうなの、意外」

「……意外とは、どういう意味ですか」

私が日本でトラブルを起こすと思っているのか。

「イングランドに帰りたいって、ベソ搔《か》いてるかなと心配してたの」

「別にベソなんて搔きません。……本当に快適ですし、楽しんでます」

身構えていたほど、日本での生活は悪くなかった。

英語はあまり通じないが、私の日本語はそれなりに通じているので苦労はしない。

通じていなくとも、ソータがフォローしてくれる。

水回りは衛生的だし、食べ物も美味《おい》しい。

気候も……今は春だからかもしれないけれど、暖かくて過ごしやすい。

「じゃあ、日本に永住する？」

「……そこまでではないです」

悪いわけではないが、住み慣れた母国ほどではない。

言葉も不便だし。

食べ物も合わないものがある。

……乳製品とか、紅茶とか。

だからこそ、私の目標はソータをイングランドに連れ帰ることだ。

「彼も同じように思っていると思うけど。……誰だって、母国が一番でしょ？」

「そこは私の魅力でカバーします」

私のいない日本（母国）と、私がいるイングランド（外国）。

比較した上で、彼が後者を選んでくれればいい。

「今、私、ソータのお母様から日本の料理を習っているんです」

「へぇ……あなたが、日本の料理を」

「そうです。ソータがホームシックになっても、対応できるようにします」

——何だか、味噌汁《みそしる》が飲みたくなってきた。……日本に帰りたいなぁ。

——そうだと思って、作りました。どうぞ、召し上がれ。

——わぁ、美味しい！　ありがとう、リリィ！　君と一緒なら、どんなところでも生きていける！　愛してるよ！

「完璧な作戦です」

「完璧ではないと思うけど、努力していることは分かったわ。ところで、下世話なこと、聞いていい？」

「内容次第です。どうぞ」

「どこまで進んだの？」

どこまで？　進んだ？

「何がですか？」

「関係よ。……えっちなこととか、もうしたの？」

えっちなこと？

……えっちなこと!?

「し、してないです！　するわけ、ないじゃないですか！」

「まあ、そうよね。あなたが、しているはずないものね」

どこかがっかりするような、そして小馬鹿にするような口調だった。

腹立たしい。

「じゃあ、キスは？」

「まだ、ですけど……？」

「一緒に暮らしてるのに？」

「それ、関係あります？」

キスと一緒に暮らしているか否かは、関係ないはずだ。

恋人同士ならキスくらいするはずだという理屈は、分からないでもないけれど。

「ハグは？　手は繋《つな》いだこと、ある？」

「……ないですけど？」

「どうして？」

「どうしてって……してほしいと言われたことも、ないですし」

ソータの方から手を繋いでほしいと言われれば、してあげるけど。

私の方から頼むのは、少し恥ずかしい。

したくないわけではないが、しなければいけない理由もない。

「あなた、本当に好かれてるの？」

「どういう意味ですか？」

思わず、ムッとしてしまう。

私とソータの関係を揶揄《からか》うのは結構だが、疑うのはいくら何でも失礼だ。

「男の子が、好きな人と手すら繋ごうとしないなんて、あり得ないわ」

「世の中にはいろんな人がいるでしょう。別におかしくないです」

ソータは紳士で照れ屋さんなのだ。

私だってソータにしてほしいと頼むのは恥ずかしいし、彼だって似たようなものだろう。

……できれば男の子である彼の方から求めてきてほしいが、自分ができないことを人に求めたりはしない。

「どうかしらねぇ。男の人の気持ちって、移りやすいし。お堅い彼女よりも、身近で親しみやすい女の子に気持ちが移ってても、おかしくないわ。半年間もあればね」

一瞬、私の脳裏にミサトの顔が浮かんだ。

確かにソータと彼女は親しかった。

今は恋人ではないようだが、昔は親しかったみたいだし。

「で、でも、ソータは私のことを、〝俺の女〟だって言いましたよ」

「ふーん。……あなたはそれになんと返したの？　肯定したの？」

「……やめてほしいと、言いました」

公衆の面前でそういうことは言わないでほしいと、そう言ったつもりだった。

でも、否定しているように受け取れなくも、ない。

「何やってるのよ……」

メアリーの呆《あき》れ声が心に刺さる。

もし、ソータが私のこと、嫌いになってたら……。

「ど、どうしましょう……」

「確かめたら？　私のこと、どう思ってる？　って。好きだって、愛してるって答えてくれれば、解決でしょ？」

「で、でも、今更、そんなこと……」

「恋人同士が愛を確かめ合うのに、今更も何もないわ」

「そ、そういうもの、ですか？」

「そういうものよ」

確かに言われてみれば、私のお父様もお母様も、毎日、「愛してる」と互いに確かめ合っていた。

――ソータ。私はあなたの何ですか？

――そんなの、決まってる。愛《いと》しの恋人で、未来の花嫁さ！

「私も愛しています、ソータ！」

「私はソータじゃないわよ」

しまった、口に出ていた。

※

リリィが日本にやって来て、三週間ほど経過した。

すでに学校では美少女留学生、アメリア・リリィ・スタッフォードの名は知れ渡っている。

男子から羨望の眼差《まなざ》しで見られているリリィであるが、不思議と告白されたりとか、ラブレターを貰《もら》ったりということはない。

何でも、リリィには恋人がいるらしい。

リリィはその恋人を追いかけて、日本にまでやって来たとか。

公衆の面前で「こいつは俺の女だ」と口にするような独占欲の強い男で、リリィとは毎日英語でイチャイチャしているらしい。
イッタイイナニモノナンダロー。
そんなリリィだが、日本での生活にはかなり慣れてきた様子だ。
日本語も日に日に滑らかになってきている。
もちろん、文化の違いで戸惑うことは多々ある。
例えば、直近で言えば餡子《あんこ》に困惑していた。
チョコレートだと思ったのに……。
豆を砂糖で味付けする？　正気か？
そんな感じだ。
だが「これはこれで美味しい」という結論に達したようで、良く食べている。
最近はコンビニで日本の和菓子や、菓子パンなんかを買うのが楽しいようだ。
日本の果物やスイーツはレベルが高いと、毎日おやつとして食べている。
食について寛容なリリィだが、もちろん許せないモノもある。
紅茶だ。
日本の紅茶は不味《まず》いらしい。
だったら茶葉を取り寄せればいいんじゃないか？　と思ったが、どうやら水と牛乳もダメなんだそうだ。

日本の水は軟水だ。

一方、イギリスの水は（場所によっても変わるが）基本的に硬水だ。

確かに風味は変わる。

こちらは最終的に硬水の天然水を購入し、軟水で割ってイイ感じの硬度にすることで対応することにしたらしい。

……やりすぎじゃないか？

また日本の牛乳も口に合わないようだ。

牛乳も日本とイギリスでは、少し味が違う。

詳しく説明すると長くなるので割愛するが、牛の品種とか、絞った後の牛乳の処理方法――高温殺菌か低温殺菌かで、いろいろ違いが出る。

……正直、俺は牛乳が特別好きなわけでもないし、どっちも美味しいんじゃない？　と思うのだが。

リリィとしては飲みなれた牛乳じゃないと、嫌なんだそうだ。

好みの問題だろう。

スーパーで大量に牛乳を購入し、「これは全然違う」、「不味くないけど違う」、「近いけど違う」と文句を言っていた。
最終的にはネットの通販で、好みの牛乳を定期購入することにしたらしい。
試しに飲んでみたが、確かに美味しかった。
最初はリリィの小遣いで購入していたが、母さんも嵌《はま》ったらしい。
我が家の御用達《ごようたし》の牛乳になってしまった。
と、まあそんな感じで他にも不満がないわけではないようだが、自分で解決している。
ホームシックになっている様子はない。
日本での生活を楽しんでいるようだ。
問題があるのは、俺の方だ。
心が休まらない。
今のところ、裸や下着姿を見てしまうようなイベントには遭遇していない。
しかし洗濯の時とか、干されている下着を目撃することは多々ある。
誰か、見せる相手がいるのか？　と勘繰りたくなるような、可愛《かわい》くてエロい下着だ。
すぐに慣れるだろうと思っていたが、どうにも慣れない。
服の下はあんなの着ているんだ……とか、思ってしまう。
下着だけでなく、リリィ本人にも問題がある。

距離が近く、無防備だ。

勉強をしている時。

テレビを見たり、ゲームをしたりしている時。

読書をしている時。

気が付くとリリィが近くにいる。

運動した後は汗のほんのりと甘酸っぱい香りが、お風呂上がりは甘いシャンプーの香りがする。

ふとした拍子に胸の谷間がチラチラ見える。

勘弁してほしい。

ここまで聞くと、もしかして役得ではないかと思うかもしれないが、別に俺はリリィの恋人ではない。

リリィに手を出したりなんてできない。

美味しい料理の匂いだけでは、お腹《なか》が膨れることはないのだ。

そんな悶々《もんもん》とした日々を過ごしていた、ある日。

「はなよめしゅぎょうの、せいかを、みせます！」

リリィがそんなことを言い出した。

※

今日はいつものごとく、母の帰りが遅い日だった。

そんな日の食事当番は俺になるはずだが……。

「きょうは、わたしが、つくります」

今日はリリィが食事当番を買って出た。

リリィの料理の腕は日に日に上達している。

だが、今までは母や俺を手伝ってもらう形でやっていた。

リリィ一人で料理を作ったことはない。

しかし何事も、誰だって初めてはある。

「じゃあ、お願いしようかな」

「はなよめしゅぎょうの、せいかを、みせます！」

リリィはそう言って拳をギュッと握りしめた。

……いい加減、『花嫁修業』の意味を教えてあげた方がいいかもしれない。

早速、俺たちは学校帰りにスーパーに立ち寄った。

リリィは食品を一つ一つ手に取り、籠の中に入れていく。

俺はそんなリリィの様子を見守る。

見守る、だけだ。

口は出さない。

「そろった？」

「はい。……メニューは、ひみつ、です」

リリィはなぜか、したり顔でそう言った。

もっとも、購入した材料を見れば何を作ろうとしているのか、何となく察せられる。

「ああ、うん。楽しみにしておく」

それを口に出すほど、大人げなくはないが。

家に着いてから、リリィはエプロンを身に纏《まと》った。

「すわって、まっててください」

そして俺に待機を命じた。

言われるままに、ダイニング――キッチンで料理をするリリィが見える位置に座った。

『えっと、まずは……』

リリィはキッチンに向かうと、何やら携帯を弄《いじ》り始めた。

レシピを確認しているようだ。
『……よし！』
ギュッと拳を握りしめてから、具材を切り始めた。
包丁さばきはぎこちない。
特にみじん切りの時は、見てててハラハラしたが……無事に具材を切り終えた。
調味料を机上に取り出してから、フライパンに油を引き、火にかける。
いつになく、緊張した面持ちで具材を炒《いた》める。
そして調理工程は最終段階に移り……。
『あっ……』
小さな声がした。
この感じだと、何か失敗したようだ。
リリィは一度だけ、俺の方を振り返ると、できあがった料理を自分の陰に隠した。
そして菜箸を使い、何やら料理を弄り始める。
『……よし』
そして安堵《あんど》の声を漏らした。
どうやらリカバリーには成功したらしい。

「できた？」

「そーたのが、まだです」

どうやら失敗したのは、自分で食べるようだ。

今度は先の失敗を踏まえてか、より慎重な手つきで料理を作り始めた。

『……よし』

今度は成功したらしい。

皿に盛った料理を前に、リリィは小さくガッツポーズした。

最後にケチャップを使い、何やら料理の上に描いてから……リリィは皿を二つ、手に持ちながらこちらに歩いてきた。

一つを自分の席に、そしてもう一つを俺の席に置いた。

「できました」

リリィは得意気な表情でそう言った。

スーパーで食材を選んでいる時にもすでに察していたが、リリィが作ったのはオムライスだった。

黄色い卵の上には、ケチャップでハートマークが描かれている。

形もなかなか綺麗《きれい》だ。

「上手だね。美味しそうだ」

俺がそう褒めると、リリィは得意気な表情を浮かべた。

「とうぜんです」

それからリリィは手に持っていたスプーンを俺に差し出した。

「さぁ、そーた。おっぱい、たべてください」

「あぁ……うん？」

……おっぱい？

思わず俺はリリィの胸、じゃなくて顔を見上げた。

リリィは怪訝《けげん》そうな表情を浮かべる。

「なんですか」

「……いっぱい、食べてください？」

おっぱいじゃなくて、いっぱいと言いたかったんじゃないか？

俺がそう指摘すると、リリィはバツが悪そうな表情を浮かべた。

「まちがえました」

先ほどまでの得意気な顔が、見る見るうちにいじけた顔になっていく。

不満そうだ。

『誰だって、間違えます。細かいことを、あげつらわないでください』

どうやら揚げ足を取ったと思われているようだ。

「い」を「お」と言い間違えたくらい大したミスではないし、意味は伝わるからわざわざ指摘しないが……。

今回の間違いは、あまり良くない。

『あー、えっと、別にあげつらっているわけじゃないんだけどさ。その、「いっぱい」と「おっぱい」では、意味が大きく変わってしまうというか……』

『……「おっぱい」は別に意味があるということですか？』

『ああ、そうだ』

『どういう意味ですか？』

果たして教えるべきだろうか？

何か、理不尽に怒られそうな気がする。

一瞬、俺は躊躇《ちゅうちょ》したが、今後のために伝えるべきだろう。

印象に残るほど、間違えないはずだし。

おっぱいって英語でなんだっけ？

胸は chest だけど、そういうニュアンスじゃないからな……。

「tits かな？」

俺がそう答えると、リリィが固まった。

少しずつ、白い肌が赤く染まっていく。

そしてリリィは自分の胸を、両手で隠した。

『食べちゃ、ダメです！　ソータのえっち！』

「言ったのはお前だろ……」

※

「おあじは、どうですか？」

「美味しいよ。さすがだ」

味は慣れ親しんだ、普通のオムライスだった。

つまり美味しい。

「とうぜんです」

俺の言葉にリリィはしたり顔で胸を張った。

うっかり胸に視線が行きそうになり、俺は慌ててオムライスの方へと視線を移す。

さっきの「おっぱいたべてください」が耳から離れない。

「あじは、かんぺきですね」

リリィもまた自分のオムライスを食べながらそう言った。

〝味は〟ということは、その他の点では不満が残っているようだ。

確かにリリィが食べているオムライスは少し形が崩れている。

「なにか、かいぜんてん、ありますか？」

「改善点か……」

リリィは自分の料理が、不完全だと思っているようだ。

ここは「完璧だよ」とお世辞を言うよりは、何かしらの指摘をした方がいいだろう。

もっとも、味は特に問題ないし。

見た目も、俺が食べているオムライスは綺麗だし……。

「俺だったら、汁物、付けるかな」

「スープ、ですか」

「そう。凝ったのじゃなくて、コンソメを溶かしただけのやつね」

コンソメキューブを鍋で溶かして、オムライスに使った玉ねぎでも適当に入れておけば、それっぽいものが出来上がる。

個人的には何らかの汁物があった方が、どんな食べ物も喉の通りがいい気がする。

「では、こんどから、そうします」

「余裕があればでいいと思うけどね」

家庭料理ってのはある程度、手を抜いて作るものだと思う。

毎日、手の込んだものを作っていたら、疲れてしまう。

俺がそう伝えると、リリィは分かっていると言わんばかりに大きく頷《うなず》いた。

『あり合わせの食べ物で、手早く、そこそこ美味しい料理を作れて一人前だと、お母様に教わりました』

一人前って……。

語学留学に来たはずの貴族令嬢に、何を仕込んでいるんだか。

「これからも、がんばります。きたいして、ください」

「あぁ……うん」

家事だけじゃなくて、語学も頑張ってね？

食後、片付けを終えると俺たちは交代でシャワーを浴びた。

俺が先に入り、リリィが後に入った。

ソファーで携帯を弄っていると、後ろから声が聞こえた。

「でました」

タオルで髪を拭きながら、リリィは脱衣室から出て来た。

着ているのはいつものネグリジェだ。

清楚《せいそ》なのにエロくも感じるのが不思議だ。

「そーた」

「……何？」

リリィは俺のすぐ隣に座った。

相変わらず、距離が近い。

「ききたいことが、あります」

あらたまった表情で、リリィは俺との距離をさらに詰めた。

相変わらず、芸術品のように整った顔だ。

宝石のように青い瞳に見つめられると、つい緊張してしまう。

「な、何でしょうか？」

「そーたは、わたしのこと……」

そこまで言いかけ、リリィは無言になった。

そこで切るなよ。気になるじゃん。

『ソータのお母様は、いつも帰りが遅いですよね？』

リリィは英語に言語を切り替えた。

日本語で何と言えばいいか、分からなかったのだろうか？

「わたしのこと」の後に繋がっていない気もするが……。

『どうしてでしょうか？　……お金に困っているようには、見えませんが』

我が家は世間一般的に見れば裕福な部類に入るだろう。

息子を語学留学させられる程度には、母には収入がある。

それだけ収入があるのに、働きづめなのがリリィには不思議に見えるのだろう。

『仕事が忙しいから……というよりは、好きだからかな？　ああ見えて、社長だし』

仕事が趣味みたいな人だ。

家にいるよりは会社にいたいのだろう。

『なるほど。……もう一つ、聞いても、いいですか？　その、もしかしたら、不快に感じてしまうかもしれませんが――』

『父親はどうしているのかって？』

俺が苦笑しながら言うと、リリィは神妙な表情を浮かべた。

やっぱり、気になるよな。

先に言っておくべきだったかもしれない。

『離婚しただけだよ。ピンピンしてる』

『……離婚、ですか』

リリィは深刻そうな声音で呟《つぶや》いた。

あんまりシリアスな態度を取られると、笑ってしまう。

『今でもたまに連絡取ってるし、会うこともあるから。仲はいいよ。母さんとは、生き方が合わなかったってだけ』

『そ、そうですか？』

『今度、機会があったら紹介するよ』

決して気まずい関係性ではなく、気軽に会える関係であることを暗に伝えると、リリィはようやく安堵の表情を浮かべた。

「おとうさまに、おあいできること、たのしみにしています」

「あ、あぁ……うん」

……俺の父って意味だよな？

父のことまで〝お父様〟呼びするつもりじゃないよな？

※

五月の大型連休中。

俺はリリィと共に、東京観光にやって来ていた。

観光と言っても、泊まりではなく、日帰りの小旅行だ。

連休中に小旅行を繰り返し、東京の有名な観光地やグルメスポットを案内する予定だ。

記念すべき最初は……。

「これが、かみなりもん、ですか！　すてきですね!!」

雷門を見上げ、リリィは感嘆の声を上げた。

そう、訪れたのは浅草寺である。

『素敵なデザインですね!!』

興奮した様子で、写真をパシャパシャと撮っている。

日本人にも人気の観光スポットだから喜んでもらえるとは思っていたが、思ったよりも喜んでもらえた。

きっと、日本人には分からない異国情緒を感じているのだろう。

『写真、撮りましょう！』

リリィに腕を引っ張られる。

「まあ、待て、リリィ。その前に着替えよう」

「……きがえる？」

「和服に着替えられるサービスを予約している。せっかくなら、そっちの方が気分、出るだろう？」

ちょっとしたサプライズだ。

俺の提案にリリィは目を大きく見開くと、小さく頷いた。

「わかりました」

というわけで、予約していたレンタルショップへと向かう。

様々な和服の中からリリィが選んだのは……。

「どう、ですか？」

大正モダン風の女袴《おんなばかま》だった。

上は高級感のある、麻の葉紫。

下は緑色の刺繍《ししゅう》付き袴《はかま》。

髪はハーフアップで、赤い大きなリボンで纏めている。

最初は色合いが落ち着きすぎているんじゃないかと思ったが、それが逆に着ている本人を引き立てている。

とても華やかな印象を受けた。

……何だかちょっと卒業式感が出てしまっているような気もしないではないが、個人的には好きだ。

ちなみに俺もリリィに合わせて、袴を着ている。

『よく似合っている。すごく可愛いし、とても綺麗だよ』

英語でそう伝えると、リリィは恥ずかしそうに顔を背けた。

そして小さく鼻を鳴らす。

『……当然です。あなたが着てほしいと頼むから、着てあげたのですから。もっと、感謝してください』

頼んだ記憶はないけど……。

いや、確かに提案したのは俺だが。

『俺のために着てくれて、ありがとう、リリィ。君のように美しい女性の和服姿を見ることができて、とても嬉《うれ》しく感じている。世界でもっとも素晴らしい女性と出会い、そしてこうして過ごすことができていることは、俺の人生の中で最大の幸運であり、幸福だ』

せっかくなので、褒めちぎってやろう。

そんな悪戯心《いたずらごころ》もあり、俺は自分でも言いすぎではないかと思うくらい、リリィを持ち上げた。

するとリリィの顔は見る見るうちに真っ赤に染まった。

そして顔を俯《うつむ》かせる。

『こ、こんなところで、言いすぎです……』

リリィはしばらくモジモジとしてから、ようやく顔を上げた。

そして俺から目を逸《そ》らしながら、ボソッと呟くように言った。

「そーたも、かっこいいです」

「ありがとう」

お世辞だろうけど、ここは素直に受け取っておこう。

さて、着替えを終えた俺たちはあらためて雷門へと向かった。

携帯のカメラを使い、自撮りをする。

「もっと、ちかづいて、ください」

「結構、近いけど……」

すでにリリィとは肩が触れるほど、距離を縮めている。

しかしリリィは携帯を構えながら、俺の腕を自分の体に引き寄せた。

髪からはふんわりといい香りが漂ってきた。

「もっと、です」

二の腕にリリィの柔らかい胸が当たる。

指摘したかったが、意識していると思われたくなくて、できなかった。

そうこうしているうちに、写真を撮り終えた。

「では、いきましょう」

リリィはそう言いながら、俺の服の袖を摑《つか》み、グイグイと引っ張った。

雷門を潜り、仲見世《なかみせ》通りに入る。

早速、リリィは鼻をスンスンさせた。

「おいしそうなにおいがします！」

浅草寺と言えば当然、雷門や本堂も有名だが、食べ歩きも目玉の一つだ。

きっと、リリィは気に入るだろうと思っていた。

リリィは早速、俺の服の袖を引っ張り、店を指さした。

「あれ、たべたいです！」

それは人形焼きの専門店だった。

せっかくなら有名な店に行こうと思ったが……まあ、目に付いたところに行くのも、食べ歩きの醍醐味《だいごみ》だろう。

出来立てを購入し、立ち食いができる場所で口にする。

「どう？」

「おいしいです。すきな、あじです」

リリィは目を細め、幸せそうな表情でそう言った。

リリィの言う「すきなあじ」は「美味しい」という意味である。

気に入ってくれたようだ。

その後もリリィは新しい食べ物を見つけるたびに、目をキラキラさせた。

そしてそれを口に入れるたびに、目を蕩《とろ》けさせた。

見ているこっちが幸せになるような、そんな顔だ。

「つぎは、あっちです！」

「はいはい」

リリィに服の袖を引っ張られながら、あちらこちらの店で食べ物を買い、食べていく。

楽しそうで何よりだが、あまり急ぐと転ぶぞ？

『あっ！』

警告しようとした瞬間、リリィがバランスを崩した。
俺は慌ててリリィを引っ張り、抱きしめる。
「大丈夫か？」
『……はい。すみません』
仄《ほの》かに赤らんだ顔でリリィは頷いた。
はしゃぎすぎて転びかけたのが、恥ずかしかったのかな？
『これ、少し、歩き辛《づら》くて……』
リリィは誤魔化《ごまか》すように、草履に視線を落とした。
草履なんて初めて履くだろうし、歩き辛いのは当然だろう。
「手、繋ごうか？」
次、転びかけた時も助け起こせるように、俺はそう提案した。
するとリリィは目を見開いた。
『……え？　つ、繋ぎたい、ですか？』
リリィは恐る恐るという表情で俺にそう聞いてきた。
嫌だったか？
やはり、友達とはいえ、異性同士で手を繋ぐのはおかしいか。

「いや、そういうわけじゃないけど……危なっかしいし。繋いだ方が、安全かなって」

俺がそう言い訳をすると……。

『そうですか』

リリィは不機嫌そうに鼻を鳴らした。

拗《す》ねたような表情をしている。

『別に、私も繋ぎたいわけじゃ、ありませんから。……ソータがどうしてもと、頼むなら、繋いであげないことも、ないですけど。私から頼んだりは、しませんから』

「あ、あぁ……うん、そ、そう？」

そんなに繋ぎたくなかったか……。

少し傷つくんだが。

『……袖くらいなら、掴んであげます』

俺が少し落ち込んでいると、リリィは俺の袖を掴みながらそう言った。

……少し複雑な気分だ。

『さあ、行きましょう。あれ、食べます！』

「そうだな」

その日、リリィはずっと俺の袖を掴んでいた。

※

「あさくさ、たのしかったです。どれも、とっても、おいしかったです」

浅草からの帰り道。

リリィはお腹を摩《さす》りながらそう言った。

満足そうな、幸せそうな表情だ。

……この分だと、下手な観光地に案内するよりも、グルメスポットを中心に回った方が楽しんでくれるかもしれない。

〝英国貴族令嬢食い倒れ紀行〟。

そんなタイトルが思い浮かんだ。

「明日は築地場外市場に行こうか」

「つきじじょうがいしじょう？」

『築地って場所にある、マーケットだ。有名な〝食べ歩きスポット〟だよ』

あそこもリリィなら気に入るだろう。

両手に食べ物を持っている姿が、目に浮かぶ。

「たべあるき！」

案の定、リリィは目をキラキラさせた。

しかしすぐに、わざとらしい咳払《せきばら》いをする。

『言っておきますが、食べ物にだけ、惹《ひ》かれているわけではないですから。もちろん、食べ物も美味しいですけれど……それを含めた、街並みとか、異国情緒に惹かれているんです。勘違いしないでくださいね？』

真っ赤な顔で、早口の英語で、リリィは捲《まく》し立《た》てた。

別に食べ物にだけ惹かれているだろうとは、言ってないけど……。

「分かってる。築地場外市場も、異国情緒溢《あふ》れる場所だ」

もちろん、俺は日本人なので異国情緒は感じられないが……。

しかしレトロな雰囲気は、感じないでもない。

イギリス人のリリィからしたら、新鮮に見えるだろう。

『ふ、ふーん。そうですか。……ところで、どんな食べ物がありますか？』

「何でもあるけど。まあ、海鮮がメインかな？」

『海鮮!?　……期待しています』

リリィは口元を緩めながらそう言った。

明日も食い倒れ旅行になりそうだ。

どんな食べ物があるか、事前にリサーチしておこう。

俺がそう考えていると……。

「少しお時間、よろしいですか？」

背後から、声を掛けられた。

振り向くと、そこにはカメラとマイクがあった。

テレビ局の取材だ。

※

浅草観光の帰り道。

私――アメリア・リリィ・スタッフォードが、〝つきじじょうがいしじょう〟という場所に想《おも》いを馳《は》せていると……。

『少しお時間、よろしいですか？』

日本語で声を掛けられた。

カメラとマイクが私に向けられる。

……テレビ局の取材？
私に？　なぜ？
『何でしょうか？』
ソータがスッと、流れるように私の前に立った。
まるで、守るように。
……ちょっと嬉しい。
『私たち、こういった番組を作ってまして……』
テレビ局の人が名刺を差し出し、あれこれ説明しだした。
どうやら日本に来た外国人に、「何をしに来たか」インタビューする番組らしい。
『あぁ、あの……』
ソータの顔に納得の色が浮かぶ。
私は知らないが、ソータは知っているようだ。
有名な番組なのだろうか？
『お兄さんは日本の方ですか？　お若いですね。学生さん？』
『えぇ、まあ……高校二年生です』
『そちらのお嬢さんは？　どういったご関係で？』

ドキッ。
思わず、心臓が跳ねた。
ソータは私のことを、何と説明するだろうか？
答えを聞くのが、少し怖い。
もちろん、カメラの前だし、それがソータの本音とは限らないけれど……。
『女友達です。日本に、語学留学に来ているんです』
おんなともだち……。
女《girl》……友達《friend》!?
私は顔が熱くなるのを感じた。
ソータったら……。
か、カメラの前で、そんな、大胆に……。
でも、やっぱり、ソータは私のことを恋人だと思ってくれているようだ。
考えてみれば、当然だった。
だって、私たちはこんなに仲良し、ラブラブなのだから。
えへへ。
結婚式はいつ、挙げようかな？

新婚旅行はどこに行こう？
子供は何人、作ろうかな？
やっぱり、ラグビーチームが作れるくらい……。
『それで、どうでしょうか？　取材の方は』
「……リリィ、どうする？　テレビ局の取材、受ける？」
ソータにそう聞かれ、私は我に返った。
正直、マスメディアというのはあまり好きじゃない。
あれこれ、貴族（私たち）の私生活を嗅ぎまわっていて、鬱陶しいところがある。
が、今日の私は気分がいい。
答えてあげようじゃないか。
『いいですよ』
私は日本語でそう答えた。
『ありがとうございます！　では、早速。……あなたは何しに日本へ？』
私は答えた。
『はなよめしゅぎょうです』

※

「はなよめしゅぎょうです」

「……はい？」

リリィの頓珍漢な答えに、テレビのリポーターの目が点になった。

これ、生放送だったら放送事故だぞ。

「彼女、日本語、習いたてなので……語学留学に来ています」

俺は慌ててフォローを入れる。

頼むから、この部分はカットしてほしい。

「な、なるほど。……お名前は？」

「アメリア・リリィ・スタッフォードです。イングランドから来ました」

「イングランド、へぇ、イギリスから！　日本語、お上手ですね！」

「それほどでもあります」

ふふん、とリリィは得意気な顔をする。

変になりかけていた雰囲気が和む。

「語学留学ということは、ホームステイでしょうか？」

「はい。かれの、おうちで、ホームステイ、してます」

「へぇ。仲が宜《よろ》しいんですね？」

「はい。らぶらぶです」

「おい、リリィ……」

変なことを言うな。

誤解を招くだろ！

「お二人の出会いの切っ掛けは？」

「きょねん、そーた……かれが、イングランドに、りゅうがくに、きてました。そこで、あいました」

「イングランドで？　ということは、もしかして追いかけて来たということですか？」

「まあ、そんなかんじです」

……リリィ、意味分かって答えてるのか？

分かったふりして、適当に答えてるだろ。

「今はデートの帰りですか？」

「そうですね」

「どちらまで？」

「あさくさです」

「浅草！　いいですねぇ。食べ歩きとかは、されましたか？」

「はい。おっぱい、たべました」

「……おっぱい？」

最悪のタイミングで最悪の間違いをしたな……。

「いっぱい、な？」

俺はフォローを入れる。

間違いに気付いたリリィは、頬を赤らめ、咳払いをした。

「ちょっと、いいまちがえました。カット、してください」

「あ、はい」

リポーターは苦笑しながら、続ける。

「明日はどちらに？　ご予定はありますか？」

「つきじじょうがいしじょう？　につれていって、もらいます」

「築地ですか！　あそこも食べ歩き、有名ですもんね」

「らしいですね。たのしみです」

……何だろう。

胸騒ぎがする。

「どうでしょう？　明日、お二人のデートを密着取材させていただけませんか？」

「いいですよ」

「ちょっと、待ってくれ」

俺は慌てて会話に割り込んだ。

密着取材？　冗談じゃない！

「なんですか？」

「それだけは、勘弁してくれ」

これだけ短い取材の間に、いろいろと誤解を招きかねない、意味の分からない発言をしているのだ。

丸一日も取材されたら、何をリリィが溢《こぼ》すか分からない。

あれこれ切り貼りされて、あらぬことを全国放送されたら困る。

「いいじゃないですか。いちにち、くらい」

「リリィ、俺は君と、二人きりで過ごしたい」

俺はリリィの手を握り、じっと目を見つめる。

お願いだから！

「そ、そうですか……？」

リリィは恥ずかしそうにもじもじする。

それからリポーターに向き直った。

「もうしわけ、ありません。かれが、ふたりきりが、よいそうです。しゅざいは、なしです」

「そうですか……。申し訳ありません、デートを邪魔してしまって」

「いえ。おきになさらず。たのしかったです」

「では、お幸せに！」

こうしてテレビ局の取材は終わった。

さすがにこの内容じゃあ、没だろう。

……没だよな？

没になってくれ。


後日。

その番組で俺たちは「国際ラブラブ高校生カップル」として全国放送された。

ふざけるなよ。

フェイクニュースだろ!!

※

放送日の翌朝。

「あ、国際ラブラブ高校生カップルじゃん」

「ぶち殺すぞ」

早速、揶揄《からか》ってきた美聡《みさと》を、俺は睨《にら》みつけた。

美聡はゲラゲラと楽しそうに大笑いする。

「いいじゃない。悪い紹介はされてなかったし。ネットでも、好評みたいよ？　ほら」

美聡はそう言いながら携帯の画面を俺に見せてきた。

そこには俺とリリィの二人が、インタビューを受けている姿が映っている。

リリィの「はなよめしゅぎょうです」もバッチリ、映っていた。

「アメリアちゃんは、美少女イギリス人女子高生として、バズってるわよ」

「とうぜん、です」

リリィは何故《なぜ》か、誇らし気に胸を張った。

自分の顔がネットに流出してもいいのか……。

貴族令嬢だし、慣れているのか？

「聡太《そうた》もイケメン彼氏君として、いい感じに捉えられてるわ。……ちょっと、嫉妬されてもいるけど」

羨ましすぎる。

イギリス留学すると、美少女彼女ができるって、マジ⁉

俺、ちょっとイギリス行ってくる。

末永く、爆発してほしい。

などとそこにはコメントされていた。

「視聴率も良かったみたいね。ベストコレクション入りするかも」

「やめてくれ。頼むから」

今から苦情を入れれば、どうにかならないだろうか？

……ネットに出回った分は、どうにもならないか。

「大丈夫、大丈夫。ネットミームにでもならない限り、みんな忘れるわよ」

「それが心配なんだよ……」

リリィのビジュアルと、「はなよめしゅぎょうです」はインパクトがありすぎる。

……でも、そこだけなら俺の顔は出回らないし、いいか。

リリィのインパクトで、俺の印象が薄れることを祈ろう。

「あぁ、そうだ。話は変わるけどさ」

「何だ？」

「今日、泊まりに行っていい？」

「来たければ来れば？　許可はいらない」

「……え？」

リリィがハッと顔を上げた。

驚いた様子で、目を見開いている。

そんなに驚くことか？

「みさとが、とまりに？　……な、なんでですか？　きょか、いらないって」

「そりゃあ……」

「私たちが、仲良しだから」

美聡は俺より先に答えを口にした。

そして俺の腕を絡めとり、ニヤッと笑みを浮かべた。

「分かった？　こ・い・び・と・さん？」

「なっ!!」

リリィは凄《すさ》まじい形相を浮かべ、美聡を睨みつけた。

そして英語で怒鳴り声を上げる。

『ふざけないでください!!』

恋人扱いされたくらいで、そんなに怒るなよ……。

※

放課後。

「ただいま！」

「あら、お帰りなさい！」

俺は美聡と共に帰宅した。

母は久しぶりに美聡に会えて、嬉しそうだ。

『何が、ただいまですか。馴《な》れ馴《な》れしい……！』

一方、リリィは何やらご機嫌斜めだ。

美聡が家に来るのが、そんなに嫌か……？

嫌なんだろうな。

リリィは人見知りするし。

気持ちは分からないでもない。

俺も美聡が家に友達を連れ込んだ時は、いい気持ちがしなかった。

それがお泊まりになった時は、息苦しい気分になったのを覚えている。

昔の話ではあるが……。

リリィもそれと同じなのだろう。

「はい、……これ、例のやつね。録画したやつ、焼いておいたから」

「助かるわぁ。聡太ったら、私が見る前に、削除しちゃったのよ。酷《ひど》いでしょう？」

……なるほど、そのために来たのか。

よし、後で破壊しておこう。

「どう？　アメリアちゃん。私の料理」

「……そこそこです」

美聡が作ったハンバーグを食べながら、リリィは悔しそうな声音でそう言った。

美味しかったんだろうな、自分が作った物よりも。

もっとも、美聡の方が料理歴は長い。

これで美聡がリリィに負ける方が問題だろう。

……しかしどうしてリリィは美聡と、そんなに張り合ってるんだ？

テニスでの対決が尾を引いているのだろうか？

夕食後。

後片付けを終えると、美聡はリリィに視線を送ってから、俺の手を引いた。

「せっかくだし、久しぶりに一緒にお風呂、入る？」

そして大きな声でそう言った。

何言ってるんだ、こいつ。

「入るわけないだろ」

「でも、聡太、自分で髪の毛、洗えないでしょ？」

いつの話をしてるんだか。

まあ、冗談だろうけど……。

「じゃあ、髪を洗ってくれって、言ったら本当に……」

入ってくれるのか？

そう冗談で返そうとした時だった。

『ダメです!!』

英語で叫びながら、リリィは俺と美聡の手を強引に引き剝がした。

そして虫を追い払うように、美聡を追い返す。

『一人で入りなさい！』

「冗談だって、もう……本気にしないでよ」

『ソータもです！　何言ってるんですか!!』

「いや、俺も冗談だし。そもそも髪の毛が洗えないなんてことは……」

俺が苦笑しながら〝冗談〟であることを伝えようとすると、リリィはそれを遮るように叫んだ。

『ミサトに頼まなくとも、私がいるじゃないですか！』

うん……？

『私が一緒に入ります。髪の毛、洗ってあげます』

リリィは顔を真っ赤にしながら言った。

そして俺の腕を摑むと、強引に引っ張った。

『さあ、入りましょう！』

『待て、落ち着け、リリィ』

『ミサトとは入れて、私とは入れないんですか！』

『美聡とも入らないから』

『でも、昔は入ったんでしょう？』

『大昔だから。小学生の時だから』

『……大丈夫、知っています。日本には裸の付き合いという言葉があると。べ、別に一緒に入るからって、あなたのことが、好きというわけでは、ないんですからね？　か、勘違いしないでください。ただの、異文化理解です』

『リリィ、待て、聞け！　日本でも、普通は男女で風呂には入らない！』

『でも、ミサトと一緒に……』

『だから、それは小学生の時だって。それに俺たちは……』

今にも風呂に俺を連れ込もうとするリリィを止めたのは……。

「じゃあ、アメリアちゃん。私と一緒に、裸の付き合い、しない？」

美聡のそんな言葉だった。

リリィの動きが止まる。

「……どういう、いみ、ですか？」

「言葉通りだけど？　一緒にお風呂に入りましょう？　女の子同士、いろいろ話したいこともあるんじゃない？」

美聡の言葉にリリィは少しだけ考え込んだ様子を見せた。

そしてようやく、俺の腕から手を離した。

「……いいでしょう」

どうやら俺と一緒に入るのは諦めてくれたようだ。

俺はホッと一安心した……のも、束《つか》の間《ま》。

「……そーた」

「な、なんだ？」

リリィが俺に向き直った。

まさか、三人で一緒に入ろうとか言い出すんじゃないだろうな……？

『さ、さっきのは、ジョークですから。ブリティッシュジョークです。ほ、本気で、あ、あなたと一緒に、お、お風呂に入ろうとか、思ってませんから。あ、あなたになら、肌を見せてもいいとか、思ってませんから！　結婚するまで、そういうことはダメですからね！　か、勘違いしないでくださいっ!!』

早口の英語で捲し立てられた。

半分くらい、何言ってるのか分からなかったが……。

取《と》り敢《あ》えず、『ジョーク』と『勘違いするな』までは聞き取れたので、大まかなニュアンスは摑めた。

さっきのは冗談だったと、そういうことだろう。

……もちろん、俺だって冗談だと思ってたよ。

リリィが俺と一緒に風呂に入りたがるわけ、ないからな。

……俺も入りたいなんて、全然、思ってなかった。

本当だぞ？

「さあさあ、アメリアちゃん。一緒に入りましょう」

「あ、ちょっと。おさないでください」

美聡はリリィの肩を押しながら、脱衣室へと入った。

ようやく、これで落ち着ける。

「さあ、服、脱いで……わぁ！　アメリアちゃん、相変わらず、えっちなの着てるね！」

「おおげさです。これくらい、ふつう、です」

「いや、でもお尻のところとか、透け透けだし……誰に見せるの？　やっぱり、聡太？」

『見せません！　あなたも、脱いだらどうですか？』

「アメリアちゃんも、せっかちだなぁ。そんなに私の下着、見たい？　……どう？」

「いいんじゃないんですか？」

「塩対応だなぁ……。もうちょっと、何かないの？」

「しお……？　べつに、きょうみ、ないので」

「それにしても、アメリアちゃん、肌も綺麗……わぁ、ツルツル！　それ、元々？　それとも、処理してるの？」

『大きな声で、言わないでください！　そ、ソータに聞こえます！』

「大丈夫だって。これくらい、聞こえないわよ」

……聞こえてるぞ。

※

入浴中。

「イギリス人って、お風呂に入ったりするの？」

会話の種にと、私はアメリアちゃんに話を振ってみた。

欧米ではお風呂にあまり浸《つ》からない。

そもそもシャワーも浴びない人がいるとは聞いたことあるから、予想はできるけど……。

「あまりないですね」

「そうなんだ。……どう？　日本のお風呂は」

「きらいじゃないです。たまにならいいです」

どうやら毎日、湯舟に浸かっているわけではないらしい。

考えてみれば、聡太も毎日湯舟に浸かるようなタイプではない。

もっともアメリアちゃんは、シャワーは毎日浴びているようだ。

「そーたに、きらわれたく、ないので」らしい。

「アメリアちゃん、いい匂いするけど、何の匂い？　シャンプーは普通みたいだけど……」

「こうすい、です」

「へぇー、香水かぁ。私、使ったこと、ないんだよね。……見せてもらってもいい？」

「いいですよ」

思っていたよりも、気のいい返事が返ってきた。

聡太が関わらなければ、素直な良い子なのだろう。

「ねぇねぇ、アメリアちゃん。さっきの質問だけど、いい？」

「……さっきの？」

「下のそれ、元々？　それとも、剃《そ》ってるの？」

「はぁ」

私の問いにアメリアちゃんは呆れ顔を浮かべた。

やっぱり、教えてくれ……。

『医療脱毛です』

教えてくれた。

意外だ。

『快適ですよ。あなたもしたらどうですか？　日本にもあるでしょう？』

「思ったこともあるけど、痛そうだし。それに銭湯とかに入る時、ちょっと恥ずかしいかなって」

『あなたにも恥ずかしいという感情があるんですね』

「それはいくらなんでも、失礼じゃない？」

『……ところで、どうして銭湯に入る時に、恥ずかしいんですか？　逆では？』

私の問いを無視して、アメリアちゃんは質問してきた。

私は少し考えてから答える。

「日本では、自然のままが普通だから」

『……そうなんですか』

アメリアちゃんは少し驚いた様子で目を見開いた。

それから思いつめた表情になる。

『ソータも、自然のままが好きなんでしょうか……』

不安そうな声音でアメリアちゃんは呟いた。

医療脱毛なら、二度と生えないだろう。

どう励まそうかな……。

さすがに、そんなことまでは分からない。

うーん、でもまあ、聡太はそんなこと気にするタイプじゃないだろうし……いいか！

「聡太はツルツルが好きだよ」

『そ、そうですか？　なら、良かったです。……いえ、別にソータのためではなく、私のためにしたので。彼の好みなんか、どうだっていいですが』

元気が出たようだ。

「なんでそんなことまで知ってるんですか？」と問われなくて、ちょっと安心。

本当は知らないからね。

後で聡太と口裏を合わせておこう。

聡太の好みと言えば……。

「そうだ。今度、聡太の味の好み、教えてあげようか？」

私の提案にアメリアちゃんは目を大きく見開いた。

そして小さく鼻を鳴らし、顔を背けてしまう。

あれ？　思ってたのと、違う反応だ。

『結構です。お料理はお母様から習っていますから。ソータだって、お母様の料理の方が好きなはずです』

おふくろの味がナンバーワンなはず。

という理屈か。

うーん、分からないでもないけど……。

「どうかな？　あの人、雑なところあるし。聡太も食べ飽きてるでしょ」

「……」

「それに味をコピーするだけじゃ、それ以上にはなれないし」

「……」

私の指摘にアメリアちゃんはそわそわし始めた。

しばらく悩んだ様子を見せてから、アメリアちゃんは私に尋ねた。

『目的は何ですか？』

「アメリアちゃんと、仲良くなりたくて」

本音半分、建前半分だ。

私がこの家に泊まりに来るのを、アメリアちゃんが歓迎していないのは、薄々私も分かっている。

だが、私は泊まりたいし、そのたびにアメリアちゃんとギスギスしたくない。

『……あなたに渡せるような、代価はありませんよ？』

もしかして、敵から塩を受け取りたくないのかな？

「香水、見せてもらうお礼でどう？」

別に対価なんていらないけど。

そう言った方がアメリアちゃんは納得する気がした。

『……いいでしょう』

案の定、アメリアちゃんは納得してくれた。

「なら、また今度。泊まりに来た時に……」

『それは、ダメです』

あれ？

でも、それだとどこで……。

「わたしが、あなたのいえに、いきます」

あぁ、なるほど。

それなら私が聡太に近づくのを防げるのか。

ちょっと、目的とは違っちゃったけど……アメリアちゃんが私の家に泊まりに来てくれるのも、アリだ。

……ついでに聡太も誘っちゃおう。

あいつ、全然、こっちに来ないし。

お父さんもだけど……男の人って、どうしてこんなに淡泊なんだか。

「なに、わらってるんですか？」

「アハッ、別に？　いいわよ。じゃあ。今度、機会がある時に泊まりに来てね？」

アメリアちゃんと、楽しい時間が過ごせてよかった。

しかし、それにしても……。

聡太のやつ、いつまで秘密にしてるんだろう……？

秘密にする意味もないような。

あいつのことだし、もう言ったつもりでいるのかな？

多分、そうだね。

母親に似て、大事なこと、やり忘れたり、言い忘れたりするタイプだし。

……まあ、面白いから、いいけど！

「なに、にやにや、してるんですか？　……きもちわるい」

「ちょっと、思い出し笑い」

※

裸の付き合いに効果があったのか。

風呂から上がる頃には、リリィと美聡は少し仲良くなっているように見えた。

風呂上がりには母も交えて、楽しそうに女子トークをしていた。

馴染めて良かったと思う。

……代わりに男の俺が、少し気まずい思いをしたが。

問題は就寝の時間に起きた。

「そろそろ寝……あ、私、どこで寝よう？　空き部屋、ないよね？」

美聡は母に尋ねた。

以前は我が家に一つだけあった空き部屋で、美聡は寝泊まりしていたが、そこは今、リリィが使っている。

「あら、そう言えばそうだったわね。そうねぇ、私の寝室、使う？　私はリビングで寝るわ」

「いや、さすがにそれは悪いし……」

美聡は少し考えた様子を見せた。

そしてチラッとリリィに視線を送る。

……リリィに一緒に寝てくれと頼むのだろうか？

「わたしは、みさとと、いっしょでも、かま……」

「じゃあ、聡太と一緒に寝ようかしら？」

美聡は笑いながら俺の腕を摑んだ。

「えぇ……暑苦しいだろ」

「いいじゃない。小さい頃は一緒に寝てたんだし。何か、問題ある？　私たちの仲でしょ？」

……いや、別に構わないと言えば構わないのだが。

男の俺と一緒に寝るよりは、母と一緒に寝た方がいいんじゃないか？

『ダメ、ダメです!!』

俺が答えるよりも先に、リリィが割って入って来た。

俺と美聡の腕を、強引に引き剝がす。

『ミサトがソータと寝るくらいなら、私がソータと寝ます！』

何だか、デジャブを感じるな……。

「いや、それはおかしいだろ」

『おかしくはないです!!　ミサトとは一緒に寝られるのに、私とは寝られないのですか!!』

「あぁ、いや……」

そりゃあ、そうだろう。

と、俺が答えるよりも先に美聡は笑い声を上げた。

「なら、私と聡太と、アメリアちゃんの三人で一緒に寝る？」

『……いいでしょう。それなら、許します』

……俺の意志は？

さすがに三人は狭いだろ。

というか、美聡がいたとしてもリリィと一緒に寝るのは問題がある気が……。

俺が反論しようとした、その時。

「あら？　じゃあ、私も一緒に寝ようかしら！　四人で寝ましょう!!」

バカ親がアホなことを言った。

そうはならんだろ。

そして三十分後……。

「そーたのとなりは、わたしです！」

「私も聡太の隣ね」

「なら、私は美聡の隣にしようかしら？　ふふ、久しぶりね、こういうの！」

布団を敷き、俺たち四人は横になっていた。

我が家に布団は四枚もなく——二枚しかない——ので、地味に狭い。

「あのさ。俺、自分の部屋で寝ちゃ……」

「だめです」

腕を摑まれた。

「そーたは、わたしの、となりです。これは、きまりです」

リリィは頰を膨らましながらそう主張した。

何だか変なスイッチが入ってしまったようだ。

原因は……美聡か？

リリィは美聡に張り合う癖がある。

美聡が昔、俺と一緒に寝ていたという話に、変な対抗心を燃やしているのかもしれない。

そんなこと、対抗するものじゃないと思うのだが……。

「じゃあ、灯《あか》り、消すね」

美聡は半笑いを浮かべながら、灯りを消した。

部屋が暗闇に包まれる。

隣からは僅かにリリィの息遣いだけが聞こえてくる。

僅かに触れ合う肌から、ほんのりと体温が伝わってくる。

……ちょっと、近くないか？

「リリィ、もう少し、離れられない？」

「むりです。ギリギリです」

リリィの吐息が耳元を擽《くすぐ》った。

変な気分になりそうだ。

俺は慌ててリリィに背を向けた。

「おやすみ」

そう宣言し、瞳を閉じる。

どうしても緊張してしまう。

……リリィのことは、忘れよう。

俺はリリィから背を向け、頭の中で羊を数えた。

羊の数が二百を超え、だんだんと微睡《まどろ》み始めた……その時。
「ん……」
背中に何かが抱き着いてきた。
暖かい体温と、柔らかい感触を感じる。
ドキッと心臓が跳ね上がり、目が覚める。
『ソータ……』
甘えるような、蕩けた声が後ろから聞こえてくる。
寝言か……。
『……好きです』
「……え？」
思わず、声が出てしまった。
同時にリリィの体が一瞬、強張《こわば》るのを感じた。
まさか、起きてる？
寝言……じゃない？
好きって？
……俺を？

俺は緊張しながら、リリィの次の言葉を待つ。
しかしリリィは何も話そうとしない。
やはり寝言だったか？
いや、それにしては息遣いがおかしいような……。
気のせいか？
「リリィ。もしかして、起きて……」
耐えきれなくなった俺は、小声でリリィにそう尋ねた。
すると……。
『た、食べられません。も、もう、お腹いっぱいです……』
食い物かい!!
どうやら、好きと言うのは食べ物のことだったようだ。
俺はほっと、胸を撫《な》で下《お》ろした。

※

そろそろ……寝たかな？

私、アメリア・リリィ・スタッフォードはじっとソータを観察する。
彼は私に背を向けながら、寝ている。
寝ているか起きているか、判断がし辛い。
ついさっきはソータが寝ていないと思い、大胆な告白をしてしまった。
咄嗟《とっさ》に寝言を言ったフリをして誤魔化したけど……。
今度こそ、大丈夫なはず。
体感で二時間以上、経《た》ったし。
ミサトも、お義母様も、寝ているはず。
「ソータ……」
私は寝言を言っているフリをしながら、ゆっくりとソータに近づいた。
その広い背中に体を合わせる。
鼻先を少しだけ付けて、スンスンする。
体がどこかむずむずするような、いい匂いがする。
抱き着きたくなる衝動に駆られる。
寝てる、よね？
呼びかけても、返事ないし。

……起きててもいいか。
さっきは誤魔化せたし。
次も同じように誤魔化せばいい。
「……おなか、いっぱいです」
さっきと同じように、抱き着く。
抱き着こうとした、その時。
「んっ……」
ソータが寝返りを打った。
私は息を止め、体を強張らせる。
ソータの顔が、私の目の前にあった。
吐息が私の唇を擽る。
心臓が張り裂けそうなくらい、ドキドキする。
こ、これ、こっそりキスしてもバレないんじゃ……。
いや、ダメでしょ！
何を考えているんだ、私！
未婚の男女がキスなんて……。

それも寝ている最中、無防備なところをこっそり奪うなんて、倫理的に許されるはず……。

あ、でも、それを言ったら未婚の男女が同じ場所で寝るのもダメか。

寝ているフリをしながら、こっそり抱き着くのも……。

子羊を盗んで絞首刑になるくらいなら、親羊を盗んだ方がマシとも言うし……。

で、でも、やっぱり、添い寝とキスじゃ差が大きすぎるというか。

も、もし起きてたら、誤魔化せないし。

はしたないと思われるかもしれないし、嫌われちゃうかもしれないし。

頭の中で思考がぐるぐる回る。

そうしているうちに……。

「リリィ……」

ソータが動いた。

ゆっくりと、腕を私の体に回してきた。

私は思わず息を呑む。

強い力で抱き寄せられる。

『あっ……』

気が付くと、私はソータに抱きしめられていた。

摑まってしまった。

動けない。

抵抗、できない。

『ソ、ソータ、お、起きて、ますか?』

小声で私はソータに尋ねた。

さっきの仕返しのつもりなのだろうか。

「リリィ……俺の分、残してくれ……全部、食べないで……」

返って来たのは、寝言だった。

やっぱり、寝ている?

でも、誤魔化しているだけかもしれない。

……どちらでもいいか。

私はソータの胸板に、顔を埋めた。

彼の心臓の鼓動に耳を傾け、伝わる体温を感じながら、鼻から大きく息を吸う。

あぁ……ソータでいっぱい……。

私は幸福感の中、瞼《まぶた》を閉じた。

※

朝、起きたら腕の中にリリィがいた。

リリィが俺を抱きしめているわけではなく、俺がリリィを抱きしめていた。

「さくばんは、はげしかったですね」

起きて早々、赤らんだ顔でリリィにそう言われた。

激しいも何も、激しいことをした記憶はない。

何か、やらかしてしまったのか。

いや、この感じだとやらかしたんだろう。

「俺、何かした？」

「そーたも、いじわるですね」

艶っぽい表情でそう答えるだけで、俺がリリィに何をしたのか、教えてくれなかった。

ま、まあ、母も美聡もその場にいたし……。

変なことはしていないだろう。

そう思うことにした。

第四章　語学留学に来た貴族令嬢、告白する

五月中旬頃。

「たいいくさい？」

「そう。『スポーツ大会』だ」

体育祭の時期がやって来た。

イギリスにはないと言い切っていいか分からないが、俺の留学先の学校、つまりリリィの学校には似たようなイベントはなかった。

「なるほど。ラグビーですか？　サッカーですか？　クリケット？　それともテニス？」

「ああ、いや、そういうのじゃないんだ」

訳し方を間違えた。

競技内容は玉入れや綱引きなど、経験者と未経験者で差が出ないようなものであると俺が伝えると、リリィは眉を顰《ひそ》めた。

「こどもっぽいですね」

「嫌か？」

「いいえ。たまにはいいでしょう」

そう言って僅かに唇を緩めた。

参加に不満はないようだ。

俺は競技の一覧が書かれた紙をリリィに渡した。

「集団競技と個人競技、それぞれ最低一度、出る必要がある。具体的にはロングホームルームで決めることになる」

俺はリリィに各競技について、丁寧に説明していく。

集団競技は玉入れや綱引きなどが当たる。

個人競技は徒競走や障害物競争、借り物競争とかだ。

『このパン食い競争というのは？』

「途中でパンがぶら下がってる。それを口で咥《くわ》えて、走る」

『行儀が良くないですね。……ところで、そのパンは？　競技が終わったら、どうするのですか？』

「……それは、まあ、その人の物だし、自由かな」

『ふむ。……どんなパンがあります？』

「菓子パンかな。去年はメロンパンとか、アンパンがあったような」

『ふーん。そうですか』

どうやらリリィはパン食い競争……というよりは、パンに興味があるようだ。

「集団競技はどうする？」

「そーたと、いっしょがいいです」

俺と一緒なら、何でもいいらしい。

人気のある競技だと、クジ引きになるが、その結果次第ではリリィと離れ離れになってしまう。

となると、不人気競技を選んだ方がいいけど……。

「それでもいい？」

「いいですよ」

できるだけ、面白そうな、思い出に残りそうなやつを選んであげよう。

※

「個人競技、聡太《そうた》は何を選ぶつもり？」

ロングホームルーム前の、休み時間。

美聡《みさと》が話しかけてきた。

「借り物競争かな。徒競走は味気ないし、障害物は中三の時、やったし」

借り物競争はまだやったことない。

一度はやってみたいと思っている。

「集団競技は？」

「特に決めてないけど、リリィと同じやつに出ると約束してる」

「ふーん。相変わらず、ラブラブね」

「そんなんじゃないって」

俺は眉を顰めた。

幸いにも噂《うわさ》の当人は席を外しているが。

「それって、照れ隠し？　それとも、本当に恋人同士じゃないの？」

美聡は珍しく、真剣な声音で俺に尋ねた。

本気で俺とリリィが恋人同士だと思っていたらしい。

……いや、そう思われる謂《いわ》れがないとまでは言えないが。

「ふーん。私なら、友達とはいえ、異性の同級生の家にホームステイしないけど。……それにアメリアちゃん、花嫁修業に来たって言ってたわよ。それって、そういう意味でしょ？」

美聡にも言ってたのか。

〝花嫁修業〟。

「あれはリリィが変な日本語、覚えてるだけだよ。勘違いしてるんだ」

「そんなこと、あり得る？」

「リリィならあり得るだろ。ああ見えて、抜けてるし、天然だから」

リリィはああ見えてぽんこつだ。

思い込みも激しいし。

「そうかな？　……そうかも。そうね、アメリアちゃんなら……うん、あり得るわね。でもなぁ……聡太も結構、アレだし……」

アレってなんだ、アレって。

俺もしっかりしている……とは言い切れないが、リリィほどぽんこつじゃないぞ。

「アメリアちゃんが、聡太のこと、好きってことはない？」

「それはないいな」

「恋人じゃない」

「どうして言い切れるの？」

「前に聞いたことがあるから」

イギリスにいた時、リリィに一度だけ、尋ねた。

もしかして、俺のこと、好きなの？　と。

俺だって、男だ。

可愛《かわい》い女の子と話していれば楽しいし、気分が良くなるし、好意を持たれているのではないかと期待する。

もっとも、結果は……。

「二度と、勘違いはしないと決めた」

早口の英語で捲《まく》し立《た》てられたため、全部は聞き取れなかったが……。

「勘違いしないでください」と怒鳴られた記憶はある。

地味に傷ついた。

「ふーん。そうは見えないけど……。ちなみに、聡太としてはどうなの？　アメリアちゃんのこと。好き？」

「いや……別に。美人だし、可愛いとは思うけど」

勘違いするなと言われ、傷ついたのは本当だ。

しかし同時に安心もした。

リリィとは親友でいたいからだ。

「恋愛したいとは、思わない。特に友達とは。……分かるだろ？　美聡なら」

俺の問いに美聡は苦笑した。

「……そうね。仲良くても、価値観が合わなければ、別れないといけないものね。そうなったら、気まずいわ。友達は……友達同士が、一番」

どれだけ仲が良くても、価値観が合わなければ関係は破綻する。

一度、そういう関係になってしまえば、もう元には戻らない。

俺も美聡も、そのことは良く知っている。

『二人で何を話しているんですか？』

不機嫌そうな声が聞こえてきた。

そこにはムスッとした表情のリリィが立っていた。

日本語の授業から戻って来たようだ。

「ふふん、何だと思う？」

「おい、くっつくなよ」

美聡はニヤニヤと笑みを浮かべながら、左腕で俺の右腕を絡めとってきた。

体をピッタリとくっつけてくる。

鬱陶しい……。

「きょうみ、ありません」

リリィはそう言いながら、美聡を睨《にら》みつけた。

そして両手で俺の腕を掴《つか》んだ。

「ちょ、ちょっと……リリィ!?」

そしてそのまま、強く引っ張る。

俺は慌てて両足に力を入れて、踏ん張る。

するとリリィは両腕で俺の体を抱きしめた。

柔らかい胸が、俺の腕に当たる。

しかしリリィはそんなことも気にせず、全身を使って俺を引っ張った。

「そーた。たいいくさいの、はなし、しましょう。いっしょに、なににでるか。そうだんです」

リリィはそう言いながら俺を……いや、美聡を睨みつけた。

すると美聡は何が面白いのか、小さく笑った。

「あら、そうなの。……頑張ってね」

そう言って俺の腕を離した。
右側の引っ張る力がなくなったことで、バランスが崩れる。
「お、おっと……」
必然的に俺の体は左側へ……リリィの方へと倒れ込んだ。
不味《まず》い！
俺は慌ててリリィの体を抱きしめた。
『きゃっ！』
「ぐっ……」
両足に力を入れ、倒れないように踏ん張る。
ゆっくりと、体勢を立て直す。
「リリィ、大丈夫か!?」
『むぐっ……』
リリィからの返事は、呻《うめ》き声《ごえ》だった。
よく確認すると、リリィの顔は俺の胸元に押し付けられ、埋もれていた。
つま先だけが僅かに床に触れている。
……抱きしめる勢いで、抱き上げてしまっていたようだ。

俺は慌てて腕をリリィから離した。

『ぷはぁ……』

「ごめん、大丈夫か？」

俺はゆっくりと下がりながら、リリィに尋ねた。

リリィの顔は……真っ赤だった。

こちらを潤んだ瞳で睨みつけてきている。

「え、えっと……」

『ソータのえっち‼』

バシッ！

リリィは俺の胸板を拳で叩《たた》いた。

地味に痛い。

リリィはそのまま鼻を鳴らし、自分の席に戻ってしまった。

「聡太のえっち！」

「お前のせいだろ！」

俺は美聡を睨みつけた。

※

体育祭の数日前。
その日の体育は男女混合での、体育祭の練習日だった。
一部競技にはリリィのような未経験者がいる。
最低限のルールや要領を把握することが目的だ。
『まだ五月なのに、随分、暑いですね』
リリィは太陽を見上げながら呟《つぶや》いた。
学校指定の体操服を着ている。
髪は動きやすいように、ポニーテールにしていた。
「日本の五月は、こんなもんだよ」
「……そうですか」
リリィは眉を顰めた。
よく見ると白い肌に、薄っすらと汗が浮かんでいる。
イギリス人のリリィにとっては、この時期でも十分、暑いようだ。

「じろじろ、みないでください。……えっち」

リリィはそう言いながら、足をモジッとさせた。

我が校の体操服の女子ズボンは、丈が少し短めだ。

だからリリィの白くて長い脚が目立つ。

「ああ、悪い」

俺は目を逸《そ》らした。

そういう意図はなかったんだけど……。

指摘されると、いろいろ気になってしまう。

リリィのようにスタイルのいい女の子が、体操服を着ると、その体の凹凸が浮き彫りになる。

目に毒だ。

「早く、練習しない？　時間は限られてるんだし」

「……どうして、あなたまで」

練習しようと急《せ》かした美聡を、リリィが睨みつけた。

美聡も俺たちと同じ競技に参加する。

リリィはそれが不満らしい。

仲が悪いのか、いいのか、分からない。

「ジャンケンで負けたから。早く練習しましょう？　ムカデ競争」

ムカデ競争。

複数人の競技者が縦一列に並び、足を前後で結び、ゴールまで競争するという競技だ。

二人三脚の多人数、縦バージョンといったところだろう。

なお、我が校では五人でやる。

「……じゃま、しないでくださいね」

「ちゃんと真剣にやるわよ？」

「そっちじゃないです」

リリィと美聡は俺を挟み、足をロープで結びながら、喧嘩《けんか》を始める。

息を合わせないといけない競技なのに……。

選択、間違えたか？

「そーた、みさとと、くっつきすぎです」

練習を始めてすぐ、リリィが後ろから文句を言った。

先頭が美聡で、俺がその後ろ、その後ろがリリィだ。

なお、その後ろには同じクラスの女子、次にクラスの男子と続く。

「いや、これくらい、くっつかないと危ないし……」

美聡が相手だから、遠慮なく、くっついているのはあるけど。

というか……。

「というか、リリィこそ、くっつきすぎじゃ……」

「ふつう、です」

普通、だろうか？

背中に柔らかい物が、ずっと当たってるんだが……。

それにリリィが話すたびに、吐息が耳元を擽《くすぐ》る。

時折、後ろから甘酸っぱい香りが漂ってくる。

「聡太、もっとくっついてもいいよ？」

「みさと！」

「頼むから、喧嘩しないでくれ」

思ったんだが、これ、男女混合でやっちゃダメな競技だろ……。

※

私、アメリア・リリィ・スタッフォードが日本に留学に来て、約一か月。
学校から帰った後、私は洗濯をしていた。
「ふふん」
鼻歌を歌いながら、洗濯機に洗い物を放り込んでいく。
最初は洗濯機の使い方も分からなかった私だが、今は完璧だ。
立派なお嫁さんに近づいている。
「……あっ」
これは、ソータの体操服だ。
ほんのりと湿っているのは、汗だろう。
今日の体育の記憶が蘇《よみがえ》ってくる。
体育祭でやる、ムカデ競争の練習をしたのだ。
ムカデ競争では、前の人に体を密着させないといけない。
そこで私は仕方がなく、そう、仕方がなく……ソータと体をくっつけた。

……凄《すご》く、いい匂いがした。

「……」

思わず、息を呑む。

つい数時間前まで、ソータが着て、運動していた服だ。

ソータの匂いがまだ、たくさん残っているはず。

胸がドキドキする。

「ダメです。こ、こんなことを、しては……」

本当にダメ？

だって、恋人同士だよ？

ちょっとくらい。

いや、でも、はしたないし……。

「……あぁ」

気が付いたら、私の鼻先は、体操服に付いていた。

もう、止まらない。

止められない。

「すぅー、はぁー」

肺の中がソータでいっぱいになる。

ソータぁ……。

「……これはダメですね」

人をダメにする。

ソータ成分には依存性がある。

私は体操服を洗濯機に放り込んだ。

「やめましょう」

今日のところは。

※

洗濯を終えた後。

「へぇ、いいなぁ。体育祭。私もアニメで見たことあるわ！　写真、送ってね？」

「ええ、分かっています」

私は久しぶりに、親友のメアリーと電話で話をしていた。

日本語での会話も慣れてきたが、やはり英語で話をすると、少しホッとする。

ソータも英語は話せるけれど、ネイティブではないし。

「そうそう、テレビ、見たわよ！」

「……テレビ？　あぁ、あのインタビューですか？」

ソータと一緒にデートをしている時、私は日本のテレビ局からインタビューを受けた。

日本を訪れた外国人に、「何をしに来たのか」をインタビューし、場合によっては深掘りしていくみたいな番組だ。

私はしっかりと、「はなよめしゅぎょう」と答えた。

「あれ、イングランドでも放送しているんですか？」

日本の番組だったと思うけれど……。

「まさか。インターネットで見たのよ」

「なるほど」

今の時代、外国のテレビ番組を見るのはそんなに難しいことではない。

てっきり、メアリーはジャパニーズアニメーションしか見ていないと思っていたのだけれど……。

そういうのも見ているのか。

「SNSでちょっと話題になっててね。気になって見てみたら、あなただったから、驚いたわ」

SNS……。

多分、メアリーのような英語圏のジャパニーズアニメーションオタクが集う、魔境なのだろう。

「話題ですか。どんな風に？」

「おもし……凄く可愛らしい、イングランド人の女性だって」

「ふふ、当然です」

私の可愛さは万国共通、世界一だ。

こんなに可愛い恋人を持っているソータは、幸せ者だ。

「でも、仲良さそうで安心したわ。ちゃんと、恋人しているのね」

「当然です。言ったでしょう？　私とソータは恋人だと」

「ふーん。……ちゃんと好きって伝えた？」

そ、それは……。

「まだ、ですけれど。でも、伝わってるはずです」

「そうねぇ。確かにテレビで見た感じはそんな気はしたけど。あなたと二人きりがいいとか、言ってたし……」

「はい。私のことを『おんなともだち』と言ってくれました」

「……んん？　『おんなともだち』？　……彼はそう言ったの？」

「はい。インタビューの前に、テレビの人にそう紹介してくれましたよ」

インタビューには乗ってなかったけど。

最初に私のことをそう紹介してくれた。

「……リリィ、それ、意味、分かってる？」

「ええ、もちろん。恋人《girl friend》でしょう？」

簡単な日本語の組み合わせだから、意味の推察は容易だ。

実際、私はソータの恋人なのだから、文脈から考えてもそれが正しいはず。

「多分、違うと思うけど……」

「え？」

「日本語の『おんなともだち』は、女の子の友達という意味で、つまりただの友達って意味よ」

「……冗談はやめてください。怒りますよ」

「冗談じゃないけど」

「……」

そ、ん、な、ば、か、な……。

「信じません。そもそも、メアリーは日本語のネイティブじゃないですよね？　適当なことを言わないでください」

「でも、アニメでは……」

「アニメの話を現実に持ち込まないでください。私とソータは恋人同士です。絶対そうです」

「そう。あなたがそう思うなら、いいんじゃない？　じゃあ、また今度……」

メアリーの冷たい声に、私はハッとした。

「ごめんなさい。私が悪かったです。見捨てないでください」

このままだとソータに捨てられるかもしれない……。

そんなの耐えられない！

「大丈夫、見捨てないわよ。……それに、私が思うに彼はあなたに気があると思うわ。イングランドの時の彼しか、知らないけど」

「そ、そうですか？　ではなぜ、ただの友達なんて……」

好きなら恋人って言ってくれればいいのに……。

照れ隠し、とか？

「彼はあなたにフラれたと思っているんだと思うわ」

「……どういうこと、ですか？」

　フラれた？

　私はこんなに、ソータのこと、好きなのに？

「だって、あなた、イングランドから彼が帰国する時、絶交だって、言ったんでしょ？」

「そ、それは……は、半年も前の話ですよ⁉」

「そうよ、半年よ。半年間、放っておいたんでしょ？」

「ううっ……」

　そ、それは、そうだけど……。

　だって、今更、謝れないし。

　気まずかったし。

　嫌われてたらと思うと、怖くて……。

「で、でも、今はこうして、仲良くしてるんですよ？」

「だから、友達、なんでしょう？　彼もあなたのことが好きだけど、フラれたと思っているから……恋人に戻れているか分からないから、態度が曖昧なのよ」

「な、なるほど……？」

　そうだったのか……。

だったら、そう言ってくれればいいのに。

「なら、私はどうすればいいでしょうか?」

「謝りなさい。以前の関係に戻りたいですって」

「……私が謝るんですか?」

「当たり前じゃない。どう考えても、あなたが悪いでしょ?」

「で、でも、恋人を放って……」

「帰国しないわけにはいかないでしょ! ビザだって、切れちゃうんだから」

「で、でも、事前に言ってくれれば、私だって……あんなに突然……」

「言ってたわよ! あなたが聞いてなかったんでしょ!? 仮に彼に非があったとしても、絶交を言い出したのはあなたなんだから、あなたが先に撤回しなさい!」

「そ、そうかも、ですけど。どうやって……」

「絶交って言ってごめんなさい。あなたのことが好きです。恋人に戻してくださいって、頭を下げなさい。これで解決、簡単でしょう?」

「で、でも、もし、嫌われてたら……」

「嫌ってる女の子と、二人きりでデートはしないわよ! あなたは世界一、可愛いんでしょう?」

「そ、そう、ですよね⁉」

大丈夫。

ソータは私のことが好き。

ちょっと、勘違いと行き違いがあるだけ。

私は自分に言い聞かせた。

――ミサトのことが、好きなんじゃないか。

そんな一抹の不安を、押し殺すように。

※

体育祭は日曜日に行われる。

その前日、土曜日。

俺は母、リリィと共にキッチンに立っていた。

体育祭の昼休憩の時に食べる、弁当を作るためだ。

日曜日は食堂が閉まっているので、弁当が必要になる。

盛り付けは当日の朝にやるとして、下処理や日持ちする物は、前日に作っておくわけだ。

しかし……。

「母さん、その弁当箱は……あまりにも大きすぎないか？」

詰め込める物は、今、詰め込んでしまいましょう。

そう言って母が取り出したのは巨大な弁当箱……というよりは、重箱だった。

いくらリリィが俺の倍は食べるからと言って、その箱は大きすぎる。

リリィを何だと思っているのか。

「五人分だし、こんなものでしょ？」

しかし母はあっけらかんとした表情でそう言った。

……五人？

俺と、リリィと……もしかして美聡も？

だがあと二人は？

「……もしかして、母さんも来るのか？」

「え？　行っちゃダメなの？　恥ずかしい？」

中学生じゃあるまいし。

親が参観に来て恥ずかしいなどとは言わないが……。

「今まで、来たことないじゃないか」

母はこういった学校行事には、あまり興味がない人だ。

小学生の時は最低限、顔を出す程度だったし。

仕事が忙しいからと、来ないことも多々あった。

中学に上がってからは、一度も来ていない。

いや、別に来てほしいわけでもないので責めるつもりはないが……。

どういう風の吹き回しなのかは気になる。

「リリィちゃんの勇姿をカメラに収めないといけないからね」

「あぁ、なるほど」

リリィのため。

厳密にはリリィの両親のためだ。

娘さんは元気にやってますよと、写真を送るわけだ。

確かにそれは重要だな。

「しかし母さんを含めても四人……あぁ、父さんか」

「ええ。お弁当、持ち寄ろうってことになったのよ。ついでにリリィちゃんも紹介するわ。未来の娘ですって」

あの人は毎回、来るし。

今回も来てくれるだろう。

つまり久しぶりに家族団欒《だんらん》をするわけか。

リリィは未来の娘というのは、母の勘違いというか、早とちりだが。

「そういうの、早く言ってくれよ」

「言わなかったっけ？」

「言ってない」

「あら。でも、今、言ったわ」

相変わらず、適当な人である。

もっとも、知らなくとも当日に分かればいい情報ではあるし、どうでもいいのだが。

「というわけで、リリィ。体育祭の日に父さんを紹介……リリィ？」

『……ふぇ？　何か、言いましたか？』

俺が呼びかけると、リリィはビクッと肩を震わせた。

「体育祭に父さんが来るから紹介する」

「そ、そうですか。おとうさまが……はい、わかりました」

ここ最近、リリィはボーッとしていることが多いように見える。

何か考え事をしていたり。

不安そうな顔をしたり。

俺に何か、言いたそうにしたり、言いかけたり。

「体調、悪いのか？」

「あ、いや、ちょっと……」

俺はリリィの額に、自分の額を当てた。

うーん、少し熱いような……。

『ちょ、や、やめてください！』

両手で突き飛ばされた。

見ると、リリィの顔は真っ赤に染まっている。

「顔、赤いけど……大丈夫か？　熱があるんじゃ……」

『あ、あなたのせいです！　この、馬鹿、変態！　大嫌いです!!』

リリィは叫びながら、俺の胸板をバシバシと両手で叩いた。

ちょっと痛い。

「ごめん。気安く触りすぎた。許して、痛いから……」

『……もう二度と、しないでください』

リリィはふんと小さく鼻を鳴らした。

一瞬、いつもの調子に戻ったように見えたが……。
しかしすぐに思いつめた表情を浮かべた。
何か、後悔しているような……。
ホームシックだろうか？
「青春ねぇ……」
母は楽しそうに笑った。
なんか、腹立つな。

※

体育祭、当日。
その日は運動日和の晴天だった。
『うぅ……暑いです……』
リリィは頭にジャージを被りながら言った。
一見、余計に暑そうにも見えるが……。
直射日光が当たらない分、マシなのだろう。

『まだ五月なのに……。異常気象ですか？』

「夏日ではあるかな」

『……日本の夏って、こんなに暑いんですか？』

「もっと暑くなるよ」

『嘘《うそ》でしょう？』

リリィの気持ちは分からないでもない。

俺もイギリス、寒すぎだと思っていた。

こういうのも留学の醍醐味《だいごみ》……ということで、耐えてもらうしかない。

「いやぁ、この気温でムカデ競争かぁ。失敗だったかもねぇ」

美聡はバタバタと胸元を扇《あお》ぎながらそう言った。

男子の目とか、気にならないのだろうか？

「それ、すずしいですか？」

「それ？　どれ？」

「うでまくりです」

リリィが指摘するように、美聡は体操服の半袖を捲っていた。

短い半袖が、さらに短くなり、肩が出ている。

……正直、あまり変わらない気がする。

「気持ち、涼しいかな?」

「なるほど」

試してみる価値はあると思ったのか、リリィは半袖を捲った。

日焼けの痕と、白い肩、そして汗に濡《ぬ》れた腋《わき》が露《あら》わになる。

何となく艶《なま》めかしく感じてしまった俺は、目を逸らした。

脚は恥ずかしがるくせに……。

「どう?」

「やけいしにみず、くらいにはすずしい、きがします」

焼石に水じゃあ、効果ないんじゃ……。

と思ったが、要するに「やらないよりはマシ」と言いたいのだろう。

「ところで、お母さんは?」

「リリィのパン食い競争に合わせて来るってさ」

美聡の問いに俺は答えた。

競技はパン食い競争、ムカデ競争、借り物競争の順番で進む。

そこから昼休みを挟んで、美聡が出る、障害物競争が始まる。

順当にいけば、十時半から十四時までの間で俺たちが出る競技は全て終わる。

父も母も、その時間に合わせて来るのだろう。

自分の子供が出ない競技には、興味ないだろうし。

「おかあさん……？」

リリィが不思議そうな表情で呟いた。

何か、気になることでも？

『どうしてミサトが、ソータに母親の予定を？』

……うん？

何でって、そりゃあ……。

「どうしてだと思う？」

リリィが何を不思議に思っているのか俺が首を傾《かし》げていると、美聡はニヤリと挑発的な笑みを浮かべた。

リリィはそんな美聡の様子に、ハッとした表情を浮かべる。

『ま、まさか……』

「アメリアちゃんと、同じ理由よ」

『そ、そんな……!?』

リリィは目を大きく見開いた。

そして確認するように、俺の顔を見てくる。

ちょっと、意味が分からない。

美聡はホームステイをしているわけでも何でもないが……？

いや、そもそもホストマザーをおかあさま《マザー》と呼ぶリリィも、いろいろとおかしい気がするけど。

『そ、そう、ですか。ふ、ふーん……なるほど？　ま、まあ、呼ぶ分は自由ですけどね』

俺が困惑していると、リリィは一人で勝手に納得し始めた。

うーん？

まあ、納得しているなら、いいか。

※

十時半ごろ。

定刻通り、リリィのパン食い競争の時間になった。

「いってきます」

「いってらっしゃい」

俺はリリィを見送ってから、携帯を取り出した。

母にメッセージを送る。

リリィの番だけど、どこにいる？　……っと。

既読はすぐにつき、返信が来た。

「お母さん、どこにいるって？」

「保護者席。父さんと一緒にいるってさ……あれじゃないか？」

俺は保護者席の方を指さした。

そこには母と父と思《おぼ》しき二人が、リリィの方を見ながら何やら話していた。

あの子がうちに留学しているイギリス人の女の子よ。

みたいな話をしているのだろう。

「間に合ったなら、いいわね。私も撮ろうっと」

そう言いながら美聡は携帯を構えた。

「リリィを撮るのか？」

「うん。お母さんに頼まれてね」

「……俺は頼まれてないんだが」

美聡に頼むなとは言わないが……。

先に俺に頼むのが筋だろ？

「いつもの、〝言ったつもり〟、じゃない？　もしくは、信用がないか。聡太も適当だしね」

「母さんほどじゃない」

俺も携帯を構える。

母には頼まれていないが、リリィには頼まれている。

メアリーに送るから、ベストショットを撮ってくれと。

しばらくすると、パン食い競争が始まった。

パン目掛けて、五人の走者が一斉に走り出す。

「アメリアちゃん、速くない？　陸上、やってた？」

「テニスと乗馬しかやってないと思うぞ」

「じょ、乗馬……」

パン食い競争は男女混合だが、リリィの走りは男子にも後れを取っていなかった。

男子の平均よりも、ずっと速い。

あっという間にパンに辿《たど》り着《つ》くと……。

一気に跳躍した。

「バレー経験もあったりする？」

「バレエならあるらしいぞ」

「そっちかぁ」

一発でパンを咥えると、そのまま全速力で駆けだした。

他の走者がパンを咥えるのに四苦八苦している中、独走するリリィ。

慌てて追いかける男子を尻目に、リリィは一位になった。

問題は写真だが……。

「うーん、ちょっとブレちゃったなぁ」

「相変わらず、雑だな。俺はちゃんと撮れたぞ」

俺は美聡に携帯を見せた。

そこには空中で跳躍し、見事にパンを咥えるリリィの姿が映っていた。

ベストショットだ。

これなら、リリィも文句は言わないだろう。

「いいなぁ。私にも頂戴？」

「……リリィに許可取れば、いいけど。どうして？」

「待ち受けにするの」

「気持ち悪すぎだろ……」

リリィはお前の恋人じゃないんだぞ。

それからしばらくして。

「おひるにたべます。デザート、です」

リリィは自慢気な顔で菓子パンを抱え、帰って来た。

獲得したのはメロンパンだ。

リリィが一番好きな、日本の菓子パンだ。

「しゃしん、とれましたか？」

「ああ。これ、どうだ？」

俺はリリィに携帯を見せた。

リリィは小さく鼻を鳴らす。

「さすがです。〝まちうけがぞう〟にしても、いいですよ」

美聡と同じようなことを言うな。

「しないよ。……恋人じゃあるまいし」

俺がそう答えると、リリィは大きく目を見開いた。

そしてガックリと、肩を落とす。

『そ、そうですか……そうですか』

「……どうした？　リリィ」

『何でも、ないです』

さすがに疲れたのだろうか？

顔色が良くない。

「ムカデ競争、出られるか？」

「でられます。……だいじょうぶ、です」

リリィは死んだ目でそう言った。

……本当に大丈夫か？

※

ムカデ競争はつつがなく終わった。

気になることがあるとすれば、リリィが注意散漫だったことくらいだろう。

それに練習の時と違い、距離が遠かった気がする。

いや、練習の時はむしろくっつきすぎだったので、丁度いいくらいだったが。

「じゃあ、借り物競争、行ってくるから」
『……はい』
「……リリィ、大丈夫か？　保健室、行く？」
本当に体調が悪そうに見える。
美聡に付き添ってもらい、保健室に行かせるか。
もしくは俺が保健室に行くか。
『……放っておいてください』
落ち込んだ声でそう言われてしまった。
時間が迫っているし、無理に保健室に連れていくわけにはいかない。
「そうか。……無理するなよ？」
『はい。……分かっています』
生気のない声でリリィは答えた。
俺は少し迷いながらも、運動場に向かう。
借り物競争が始まる前に、チラッと保護者席の方へと視線を向ける。
そこには母と、そして父もいた。
こちらに手を振っているので、軽く振り返しておく。

二人がそろうのは珍しい。

リリィのおかげだな。

そんなことを考えているうちに、競技が始まった。

ゴールの手前に置いてある紙を一枚、選ぶ。

ここに書いてあるモノを、どこかから借りてくればいい。

楽な内容がいいんだが、さて内容は……。

「マジか」

楽っちゃ楽だが、面倒くさいモノだった。

盛り上がるのは分かるが、借りる人、借りられる人の身になってほしい。

「仕方がない」

俺は真っ直《ま》ぐ《す》、自分のクラスの応援席に向かう。

そしてぐったりとしているリリィに声を掛けた。

「リリィ」

『……何ですか』

「大丈夫か？」

『大丈夫です。……何をしに来たんですか？』

どこか拗《す》ねたような、投げやりな声でリリィはこちらを睨んできた。
体調が悪いわけではなさそうだが……。
不機嫌そうだ。
うーん、頼みづらい。
「借り物競争、協力してほしいんだけど……」
俺は遠慮がちに紙をリリィの前で広げた。
リリィはそれを興味なさ気に見つめ、そして……。
顔を上げた。
『ミサトじゃなくて、いいんですか？』
驚いた表情でそう言った。
確かにリリィの次は、美聡だろうけど。
「リリィが一番だから」
『そ、そう、ですか……？』
「体調悪いなら、別の人に代わってもらうけど……」
やっぱり、体調悪い人に頼むものじゃないよな。
そう思いながら俺が踵《きびす》を返そうとすると……。

『待ってください!!』

服を摑まれた。

『私が行きます!!』

リリィは立ち上がりながら、そう言った。

ついさっきまでの不機嫌そうな顔はどこへやら。

やる気に満《み》ち溢《あふ》れている。

……頼んでおいてなんだが、現金なやつだな。

「大丈夫か？　体調、悪いんじゃ……」

『元気いっぱいです！　それに私の代わりはいないでしょう？』

リリィはしたり顔をした。

いつも通りの、可愛らしいリリィがそこにいた。

やっぱり、リリィはこれくらい調子に乗っている時の方が可愛いな。

『代わりと言っては何ですが……借り物競争が終わった後、お時間、いいですか？　真剣な話があります』

いつになくあらたまった顔で、リリィはそう言った。

真剣な話？　……緊張するな。

「いいよ、分かった。じゃあ、行こうか」

「はい」

俺はリリィの手を握る。

ビクッとリリィの肩が跳ねた。

「どうした？」

『な、何でもないです』

リリィは少し赤い顔でそう言った。

……照れているのか？

まあ、内容が内容だし、当然か。

こうして俺は〝一番可愛いと思う女の子〟の手を握りながら、ゴールした。

※

借り物競争が終わった後。

俺たちは体育館裏に向かった。

人気のない場所で話したいと言われたのだ。
「それで、話って？」
『えっと、その、半年以上前のことですけれど……』
「半年以上前？」
随分、遡るな。
……俺が留学している時のことか。
まさか。
『あ、あの……お、お別れの時のことです』
「あぁ……」
その話か……。
お互い気まずくなるだけだし、個人的には触れたくなかったのだが。
また、責められるのかな。
『お見送りしなくて、すみません』
リリィはそう言って、頭を下げた。
……少し驚いた。
『返信しなくて、すみません。連絡取らなくて、すみません』

「う、うん。気にしてないから」

『酷《ひど》いことを言って、すみません』

「分かった。その、頭を上げて……」

『……絶交って言って、嫌いって言って、すみません。あれは、嘘です。嫌いじゃないです』

リリィはそう言ってから、頭を上げた。

そしてこちらをじっと、見つめた。

「すきです」

そう言ってから、もう一度頭を深く下げた。

『連絡せず、押しかけてすみませんでした。……元の関係に戻りたいです。お願いします』

元の関係、か……。

「リリィ」

「はい」

俺も頭を下げた。

『言葉足らずだった。すまない。伝わっているつもりだと、思っていた。俺からも……頼みたい。元の関係に戻してくれないか？』

英語でリリィにそう伝えた。

そして顔を上げる。

リリィは……。

「しかたがありません。ゆるしてあげます。かわりに、ゆるしてくださいね？」

目元に浮かんだ涙を指で拭いながら、微笑《ほほえ》んだ。

こうして俺たちは〝親友〟に戻った。

※

俺たちは二人でクラスの応援席に戻った。

そこには美聡と母、そして父が待っていた。

丁度いい。

「あ、いた！　二人で何してたの？　逢引《あいび》き？」

「そんなもんだ」

俺は美聡の揶揄《からか》いを適当に流しながら、父に向き直った。

「久しぶり、父さん」

「おお、久しぶり、聡太。で、その子が……〝一番可愛いと思う女の子〟か？」

父はニヤッと笑みを浮かべながらそう言った。

美聡にそっくりの、笑い方だ。

「そうだ。……リリィ、紹介するよ。このおっさんが、俺の父親だ」

『河西聡司《かさいそうじ》です、ミス・スタッフォード。息子と娘がお世話になっています。……アメリアさんと、お呼びしても？』

父はキザったらしい態度で、片膝をつき、リリィにそう言った。

母はボソッと「いい年して、カッコつけちゃって」とぼやく。

「はい、こちらこそ。アメリア・リリィ・スタッフォードです……おとうさま。リリィと、およびください」

リリィは優雅に一礼した。

……父にもリリィ呼びを許すのか？

初対面なのに？

俺は半年掛かったんだが!?

「お義父様？　いいね！　娘が二人になるなんて、最高だ！」

「……ふたり？」

リリィはきょとんと首を傾げた。

そして辺りを見回す。

「もうひとり、いらっしゃるので？」

「ここにいるわよ」

ニヤッと、美聡は笑みを浮かべた。

リリィは不思議そうに首を傾げる。

……何か、不思議なこと、あるか？

「早く食事にしましょう？　時間も押してるし」

「ああ、そうだな。聡太、美聡、どこかいい場所を教えてくれ」

「……みさと、も？　どうして？」

「リリィちゃんも一緒よ？　言ったでしょ？　五人でお弁当、食べるって。家族団欒するって……あれ？　言ってなかったっけ？」

『……五人？　ミサトも？　家族？』

リリィは立ち止まった。

そしてポツリと、呟く。

『カサイ・ミサト。カサイ・ソージ。……クドー・ソータ。んん？　どういう、ことですか？』

「……何が？」

『どうしてミサトと、ソータのお父様の苗字《みようじ》が一緒なんですか？　ソータと苗字が違うのは？』

「父さんと母さんが離婚したから。俺は母さんの方に変えた。違うと突っ込まれて、面倒くさいからな」

『ミサトは……？』

「父さんについていったから、そのままだけど？」

『……ついていった？　……え？』

リリィはぽかんと口を開けた。

『姉弟、ですか？　実の？』

「そうだけど？」

『……年が一緒なのは？』

「双子だから。あと、俺が兄な」

二卵性だ。

……あれ？

「言ってなかったっけ？」

『言ってないです!!』

リリィの怒鳴り声が響いた。

※

『理解できません。どうして、言わないんですか？　そんな大事なことを！　そういうところ、大嫌いです』

リリィは弁当を食べながら、俺を睨みつけた。

怒るか食べるか、どちらかにすればいいのに。

「ごめんって。言ったつもりだったんだ。俺の分の卵焼き、食べる？」

謝りながら、リリィの機嫌を取る。

言ったつもりでいたが……。

振り返ってみると、確かに言っていなかった気がする。

これは俺が悪い。

『……反省してますか？』

「大事なことは、ちゃんと言う」

『……仕方がないです。許してあげます』

リリィは小さく鼻を鳴らした。

そして卵焼きを食べて、目を細めた。

幸せそうな顔だ。

「普通、言い忘れるか……？」

「本当よね。我が息子ながら、呆《あき》れるわ」

「人のこと、言えないだろ、美琴《みこと》。お前が伝えれば良かった話だ」

離婚前は、河西美琴。

旧姓、そして今は、久東《くどう》美琴。

それが母の名だ。

「聡太が伝えてたと思ってたのよ」

「この母にして、この息子ありだな」

「遺伝って怖いよねぇ」

美聡はケラケラと楽しそうに笑う。

あのさぁ。

「お前だって、言ってなかっただろ？」

「私は言ったわよ？　アメリアちゃんが、話を聞いてなかっただけ」

「……きいてないです」

リリィは美聡を睨みつけた。

俺が悪いのは認めるが、美聡だって同じくらい非がある。

「ほら、聞いてないって言ってるぞ」

「言ったわよ。私と聡太は家族って。ちなみに、姉は私ね？」

「……」

美聡の言葉に、リリィは目を泳がせた。

そういえば、言ってたな。

……あれ？

「リリィ？」

もしかして。

リリィにも非があるのでは……？

『あ、アメリアではなく、リリィでいいですよ！』

「本当に？　ありがとう、リリィちゃん！　分かってるわね!!」

美聡はリリィの手を取った。

誤魔化《ごまか》したな……リリィのやつ。

というか、さっき、聞き捨てならない言葉があったな。

「兄は俺だぞ。先に生まれたのは俺だ」

「あら？　知らないの？　後から生まれた方が、先に入ってたってことだから、姉なのよ」

「それ、迷信だろ？　法的には先に生まれた方が、兄だから」

「でも、私の方がお姉ちゃんっぽいと思わない？」

何だよ、ぽいって……。

「そうですね」

「リリィ⁉」

思わぬ裏切りに、俺はリリィの方を見た。

リリィはおにぎりを食べ終え、サンドウィッチに手を伸ばしている最中だった。

どっちが上とか、どうでもいい。

今は食事だ。

そんな顔だ。

「争うのも、馬鹿らしいか」

「ふーん、じゃあ、認めるんだ？」

「好きにしろ」

法的には俺が兄。

それは変わらない。

そんなこんなで、久しぶりの家族団欒は終わった。

なお、美聡と父が持って来た弁当を含め、三分の一くらいはリリィが食べた。

「ところで、みさと」

食事を終えたリリィは小さく、咳払《せきばら》いをした。

そして父と母に、チラッと視線を向けた。

……どうした？

「ひとつ、いっておくべきことが、あります」

「……何？」

どうしたんだ？

あらたまって……。

「このようなばで、いうべきでは、ないかもしれませんが」

リリィは少しだけ気まずそうな表情を浮かべる。

そして美聡を真っ直ぐ、見つめて……。

「きんしんそうかんは、かみさまが、ゆるさないとおもいます」

……何言ってるんだ、こいつ？

「……は？」

美聡はポカンと口を開けた。

父と母は、顔を見合わせる。

きんしんそうかん。

……近親相姦《きんしんそうかん》!?

「待って、リリィちゃん！　あなた、勘違いしてるから!!」

「すみません。でも、あなたのためをおもうと……」

「落ち着いて、リリィちゃん。あのね、確かに私はいろいろと誤解させるような言動をしたけど。あれはリリィちゃんを揶揄うためだからね？　そういうのじゃないから!!　ちょっと、お父さん？　お母さん？　そんな顔、しないで!!　違うから!!　聡太も、ほら、何か言いなさいよ!!」

美聡は大声で怒鳴り散らした。

こいつが慌てるなんて、珍しい。

しかし、なるほど。

何か最近、距離感が近いなと思ったら。

「聡太！　悪乗りしない!!　洒落《しゃれ》にならないわよ!!」

「そうだったのか……」

美聡は俺の肩を摑み、強く揺すった。

とりあえず、俺は「そんな、まさか」という顔をしておく。

「ふふっ……くくっ……あははは」

リリィは堪えきれなくなったのか、大きな声で笑い出した。

そして意地悪い顔で、言った。

「しかえし、です」

「……え？」

美聡はポカンと口を開けた。

こいつのこういう顔も、珍しいな。

いいモノが見られた。

リリィ様々だな。

エピローグ
EPILOGUE

「リリィ、体育祭、どうだった？」

体育祭が終わった、帰り道。

俺はリリィにそう尋ねた。

「たのしかったです」

リリィは気分が良さそうな声でそう答えた。

慣れないイベントだとは思うが、楽しんでくれたようだ。

「でも、あつかったです……」

「ああ、うん……」

「それに、いろいろ、つかれました。きもちが」

きもちが？

気疲れしたということか……？

「でも、よかったです。にほんにきて」

「それは良かった。……楽しいイベントは、まだたくさんあるから」

「たのしみにしています」

リリィはそう言って頷《うなず》いた。

そしておずおずとした調子で、手を伸ばし……。

「え？」

俺の手を、握ってきた。

そして距離を近づけてくる。

振《ふ》り解《ほど》くわけにもいかず、俺は困惑する。

「そろそろ、なつ、ですよね？」

「ああ、うん」

「うみ、いこうといったの、おぼえてますか？」

「あ、あぁ……もちろん」

今、思い出した。

帰国する直前、夏休み前。

リリィに「海に行こう」と誘われたのだ。

俺は帰国が迫っていたこともあり、スケジュールの問題で断るしかなかったが……。

それが喧嘩《けんか》の原因だったなぁ。

「ことし、うめあわせ、してください」

「ああ、うん……埋め合わせね。分かった……日本の海でいいかな？」

「はい。プールでも、いいですよ」

海か、プールか。

場所、考えておかないとな。

しかし貴族令嬢のお眼鏡に適《かな》うような場所、あるかな？

「では、こんど、みずぎ、えらびにいきましょう」

「……水着？」

「ないと、およげないでしょう？」

それは、そうだけど……。

俺と？

「そーたが、えらんでください」

「俺でいいの？」

「そーたが、すきなの、きます」

リリィは頬《ほお》を赤らめながら、そう言った。

う、うん……まあ、いいけどさ。

「わ、分かった……」

イギリスだと、親友同士で水着を選ぶのか……？

そんな疑問を感じながら。

俺は夕焼けの中、親友《リリィ》と手を繋《つな》ぎながら、歩いた。

※

「あのさ、美聡《みさと》」

体育祭を終えた、最初の授業日。

私、河西《かさい》美聡は弟の聡太《そうた》に話しかけられた。

「なに？」

「……相談が、あるんだが」

聡太はそう言うと辺りを見回し、それから最後に教室のドアの近くを確認する。

リリィちゃんが教室移動でいないタイミングで、聡太がこういう挙動をするのは、リリィちゃんに聞かれたくない話をする時だ。

「リリィちゃんと喧嘩したの？」

「いや、喧嘩してないというか……むしろ逆なんだが」

ふむ。

……逆？

「美聡はさ。凄《すご》く仲のいい男友達がいたとしてさ」

「うん」

「手、繋ぐ？」

「……さぁ。そこまで仲のいい男友達がいないから、何とも」

この言い方だと、聡太はリリィちゃんと手を繋いでいるのだろう。

……少し、鈍すぎないだろうか？

「じゃあさ。……一緒に水着、選びに行く？」

「……水着、選びに行くの？」

「ああ」

「……」

もう、告白しているようなものじゃん。

好き好きアピールしてるじゃん。

普通、気がない男性に水着選んでほしいだなんて、頼まないでしょ……。

「うーん、どうかな……」

好きな異性にならら、選んでほしいと思うかもしれないけど。

そう言いたかったが、グッと堪える。

それはリリィちゃんが自分の口で言うべきことだ。

「仮にリリィちゃんが聡太のこと、好きだったらどうする？　付き合う？」

「付き合わないよ。断る」

即答だった。

まあ、そうだよね。聡太なら、そうする。私だって、そうする。

お父さんとお母さんのように、ずっと友達で仲が良かったのに、結婚したせいで喧嘩して、疎遠になるのは、あまりにも寂しい。

それで生まれたのが私たちだったとしても。

同じ轍《てつ》は踏みたくない。

でも、リリィちゃんの恋路は応援したい。……可愛《かわい》いからね！

よし、ここは誤魔化《ごまか》しておこうかな。

「まだ一人で買いに行くのは怖いんじゃない？　言葉、通じるかどうか分からないし」

「それもそうか。……でも、お前と行けばいいんじゃないか？」

「私にはまだ、心を開いてくれてないから」

「なるほど。それもそうか」

「もしくは……特別な気持ちが、あるとか。それが好きって気持ちかどうかは、分からないけど」

私が言えるのはここまでだろう。

後はリリィちゃん次第だ。

「……まあ、好きとは言われたんだけどな」

「え」

「その後、親友に戻りたいって言われたから。友達に対する好きだとは思うんだけどな」

「そ、そう……」

苦笑する聡太に、私は何も言えなかった。

リリィちゃん……告白したらフラれるって、分かってやってる？

花嫁修業って、もしかして本当に既成事実を作るみたいな意味？

だとしたら、相当な策士だ。

もしくはすれ違い《奇跡》の天才《あほ》か。

どっちだろう？

リリィちゃん、頭はいいけどアホよりだからなぁ。

聡太も頭はいいアホだから、お似合いカップルではあるんだけどね。

この二人、大丈夫かなぁ……。

あとがき

初めましての方は初めまして、前シリーズを読んでくださった方はお久しぶりです。

まず、本作『語学留学に来たはずの貴族令嬢、なぜか花嫁修業ばかりしている』を手に取ってくださり、ありがとうございます。

せっかくなので、本作を書くに至った経緯について簡単に記してみようと思います。

まず最初に「同棲《どうせい》モノを書こう」というのがありました。そして主人公とヒロインが同棲する経緯として何があるか、考えた結果「ホームステイ」という要素を思いつきました。ただ、ホームステイ先に同年代の異性がいる家を選ぶかなぁ……と悩んだ結果、「ヒロインは主人公が外国で知り合った友人」という設定を考えました。

「大好きな主人公を追いかけて留学に来た美少女」という大枠がこれで決まりました。ただ、それだけだとありがちな気がしたので、「主人公はヒロインを友人だと思っているけど……」という設定を足しました。これで完成です。

少し悩んだのは、ヒロインの言語関係です。日本語がペラペラだと外国人設定の意味がありませんが、不自由過ぎると主人公以外のキャラと絡ませ辛《づら》くなる。片言の日本語を話せるくらいの塩梅《あんばい》が良いですが、どう表現するか。本当に片言にしてしまうと読み辛いし、かといってカタカナ表記だと「おもしろ外国人」感が出てしまう……。

と悩んだ結果、ヒロインの日本語は平仮名かつ、短文気味にするという形にしました。

可愛《かわい》い雰囲気も出ていて、良い感じになったと思っています。


では、そろそろ謝辞を申し上げさせていただきます。

イラストを担当してくださっているGreeN《グリーン》様。リリィのキャラデザはイメージとぴったりでした。ありがとうございます。

この本に関わってくださった全ての方、何よりこの本を購入してくださった読者の皆様に、重ねてお礼を申し上げさせていただきます。

それでは二巻でまたお会いできることを祈っております。

語学留学に
来たはずの貴族令嬢
なぜか花嫁修業ばかりしている。
リリィの可愛さが
めちゃめちゃつまった
本作品をぜひ!!
ドキドキがそこに!

語学留学《ごがくりゅうがく》に来《き》たはずの貴族令嬢《きぞくれいじょう》、なぜか花嫁修業《はなよめしゅぎょう》ばかりしている

著　桜《さくら》木《ぎ》桜《さくら》

角川スニーカー文庫　24153

2024年5月1日　初版発行

発行者　山下直久

発　行　株式会社KADOKAWA
〒102-8177 東京都千代田区富士見2-13-3
電話　0570-002-301（ナビダイヤル）

印刷所　株式会社暁印刷
製本所　本間製本株式会社

◇◇◇

●お問い合わせ
https://www.kadokawa.co.jp/（「お問い合わせ」へお進みください）
※内容によっては、お答えできない場合があります。
※サポートは日本国内のみとさせていただきます。
※Japanese text only

Printed in Japan　ISBN 978-4-04-114920-1　C0193

★ご意見、ご感想をお送りください★
〒102-8177 東京都千代田区富士見 2-13-3
株式会社KADOKAWA　角川スニーカー文庫編集部気付
「桜木桜」先生「GreeN」先生

時々ボソッと
ロシア語でデレる隣のアーリャさん
Милашка❤
燦々SUN
イラストももこ
story by sun sun sun
illustration by momoco
ただし、彼女は俺が
ロシア語わかる
ことを知らない。
特設サイトはこちら!
スニーカー文庫

隣の席のヤンキー清水さんが髪を黒く染めてきた
底花 イラスト ハム
Story by Teika Art by Hamu
お前のために髪を黒く染めたんだから……
気づけよな。
1巻発売即重版!!
「髪染めたんだね」「ああ」「どうして髪染めたの?」「なんでって、昨日お前が……」僕の隣の席に座る金髪から黒髪に染めたヤンキーJK・清水さん。その後も一緒に料理したり、お弁当をくれたりするのだけど……。
スニーカー文庫

俺の幼馴染はメインヒロインらしい。
author
3pu
illust.
Bcoca
でも彩人《モブ》の側が一番心地いいから
青春やり直しヒロインと紡ぐ
学園ラブコメディ
彩人の幼馴染・街鐘莉里は誰もが認める美少女だ。共に進学した高校で莉里は運命的な出会いをしてラブコメストーリーが始まる……はずなのに。「彩人、一緒に帰ろ!」なんでモブのはずの自分の側にずっといるんだ?
スニーカー文庫

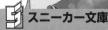

性悪天才幼馴染との勝負に負けて初体験を全部奪われる話

犬甘あんず
INUKAI ANZU

ill. ねいび
NEIBI

第28回 スニーカー大賞 金賞

魔性の仮面優等生×負けず嫌いな平凡女子

甘く刺激的なガールズラブストーリー。

負けず嫌いな平凡女子・わかばと、なんでも完璧な優等生・小牧は、大事なものを賭けて勝負する。ファーストキスに始まり一つ一つ奪われていくわかばは、小牧に抱く気持ちが「嫌い」だけでないことに気付いていく。

スニーカー文庫